Roswitha M. Renner
Salzburg, im Dez. 83

Julie Schrader, z. Zt. postlagernd

Mit freundlicher Genehmigung der Erben

Julie Schrader, z. Zt. postlagernd

Die Correspondencen der Pusteblume

Herausgegeben von Berndt W. Wessling

R. Piper & Co. Verlag München Zürich

ISBN 3-492-02049-6

Gesetzt aus der Baskerville-Antiqua
Gesamtherstellung
Graphische Werkstätten Kösel, Kempten (Allgäu)
Printed in Germany

Für William Alfred Salomon, Esqu., London

An den Herrn Edittor

Madm. Julie Fédore Schrader
Fürchtebohmsches Palais
zu Bremen
An der Contrescarpe, den 17 ten Juni 1907

An den Herrn Edittor »Die Gartenlaube«

Sehr geehrter Herr, wohlgeborener Edittor!
Sie haben mich unter dem Datum des 23 ten Mais Anno Domini bekniet, aus meinem Schatze von Oden und Gedichten ein Gewisses an Sie und Ihr ff. Haus zu senden, wozu ich mich heute und auch in weitester Zukunft nicht bereitfinden kann. Ich will nicht unter die Littaratur, denn ich bin ein anständiger Mensch, scheue Gott, sonst niemand!

Ich stehe hier zu Bremen im Fürchtebohmschen Palais (bei Senators!) in besten Diensten, bei gutem Salähr und bin es sehr zufrieden, bei meinem Herrn und Gebieter die Stellung einzunehmen, die ihm am besten bekommt! Herr Senator gehört hier zu den Zierden der Stadt und ist bekannt wie der Dom und der Ratskeller, wonach Sie sich auch bei Herrn Christoph Driesselmann erkundigen können, welcher Contrescarpe 65 wohnt, wo er auch seine Post empfängt.

Meine Gedichte kann ich Ihnen nicht geben, auch nicht Sonstiges, weil ich Sonstiges nicht verfasse, welches ich anderen bornierten Geistesschindern hochachtungsvoll überlasse. Sonstiges ist nichts für mich, weil man es nicht reimen kann. Auch die Frau Hopfmüller und die Frau Hofopernsängerin Ida von Scheele-Müller (jetzt zu Berlin bei Majestäts!), über die Sie schreiben sollten, weil sie jetzt was geworden ist, haben gesagt, daß ich nur reimen soll und sonst nichts.

Es ist mir eine hohe Ehre, daß Sie, wohlgeborener Edittor, meine Gedichte für Stück zehn Goldmark Kuhrant (Courant, Anm. des Herausgb.) an sich nehmen wollen und in der Gartenlaube eindrucken möchten. Leider donnert Ihnen mein unentschlossenes Nein entgegen, was hiermit für alle Zeiten und unabänderlich ist!

Ich danke Ihnen mit großer Ehrfurcht und bestem Danke, daß Sie an mich gedacht haben und mich in die Littaratur bringen wollen. Aber ... es geht nicht, denn ich achte meinen Stand, welchen ich mir schwer erkämpft habe. Indem ich Ihnen dieses zu einer Antwort auf Ihren geschätzten Brief vom 23 ten Mai gebe, zeichne ich hochachtungsvoll

als Julie Fédore Schrader,
Bremen, Hausdame complett
bei Herrn Senator Fürchtebohm.

P.S. Sollte ich von meinen jetzigen Sinnen kommen, schreibe ich Ihnen sofort, was ich aber nicht glaube, denn ich bin standhaft, scheue Gott und sonst niemand!

Dieser Brief wurde zum ersten Male 1932 in »Mein Blatt« von S. Kracauer abgedruckt. Das Original ist verschollen. Frau Dr. Viola Barrett-Hampton, Chicago, eine Verwandte Julchens, übersandte uns die Abschrift mit der Quellenangabe. Der Name der bremischen Konsulsfamilie wurde geändert, da die Nachfahren des erwähnten Senators gegen eine Veröffentlichung protestieren könnten.

Was meine Briefe sind ...
(1910)

Was meine Briefe sind,
So sind sie meine Kinder.
Ich schreibe sehend, schreibe blind ...
Im Sommer und im Winter.

So lang noch Tinte aus mir fließt,
Will still ich Euch gebären.
Ihr habt schon oft das Leid versüßt
Und tatet niemals jemand stören.

Ich hab' Euch lieb,
Euch, meine Süßen ...!
Fliegt Euren Trieb,
Ich will Euch grüßen!

Ja, wer Euch herzlich lesen tut,
Dem sind sie Balsamsalbe.
Adresse: Julchen Übermut,
Die kleine, munt're Schwalbe!

Dem geneigten Leser

»Correspondencen gehören mit größter Wichtigkeit zu dem gewissenhaften Portraite eines Menschen, den man beauftragt ist, mit Worten und Werken zu zeichnen. Wer die Correspondencen vergißt, dem soll das Bildnis nicht gelingen, denn er vergißt die Seele zum Leibe«, schreibt Goethe an Lavater.

Was das Portrait des »Welfischen Schwans«, also Fräulein Julie Schraders, anbetrifft, so haben wir keinen Augenblick lang die Empfehlung des Weimaraners vergessen. Nur: die Sammlung und Rekonstruktion der »Correspondencen« unserer Vielgeliebten war gar nicht so einfach. Es bedurfte mannigfacher Recherchen, viele Reisen und Besuche, um das erbringen zu können, was Sie, geneigter Leser, nunmehr in diesem Bande vorfinden.

Sicherlich hat Julchen sehr viel mehr »correspondiert«, denn sie war eine Vielschreiberin und konnte es nicht unterlassen, ihr bezauberndes Näschen in jeden »Staub« zu stekken. Und ganz gewiß hat sie auf ihre Briefe einen Haufen von Antworten bekommen. Leider sind uns viele dieser Antworten verlorengegangen ... oder: sie sind uns, wie in einigen Fällen, aus bestimmten Gründen vorenthalten worden. So war es leider unmöglich, zwölf Briefe gepfefferten Inhaltes von Carl Sternheim abzudrucken, obwohl wir meinen, daß diese amourösen Stücke dem Ansehen des Dramatikers durchaus nicht geschadet hätten. Im Gegenteil! Der snobistische Herr Carl wäre uns womöglich um Etliches natürlicher, greifbar geworden.

Die Sammlung dieser Briefe kam folgendermaßen zustande: Das Hauptkontingent der Briefe konnte durch die

Zeit des Nationalsozialismus' und des Zweiten Weltkrieges hindurch von meiner Mutter, Frau Anni Julie Wessling, bewahrt werden. Ihr ist es zu verdanken, daß die Liebesbriefe an Julchens späteren Ehemann, Hermann Niewerth, nahezu geschlossen erhalten blieben. Von Hermann besitzen wir 56 Briefe an Julchen. Die Briefe unseres Fräuleins an »Vetter Karl« sind im Besitz von Frau Dr. Viola Barrett-Hampton, Chicago. Sie ist die Tochter Chasine Driesselmanns, einer Cousine Julchens. Briefe Karl Schraders an Julie dagegen bewahrt William Alfred Salomon, Esq., London, in seinem Familienarchiv auf. Er ist ein angeheiratеter Neffe Mussjöh Karls.

Die Briefe Leo Falls an Julchen sind ebenfalls im Besitz von Frau Barrett-Hampton. Sie wurden ihr 1933 mit den Briefen Julius Goldschmidts, Ida von Scheele-Müllers, Jaacob Seidenstückers, Emil von Schönaichs, Paul Linckes und Karel Burrians etc. übergeben, die von den Nazis konfisziert werden sollten (Sammlung Lipiner, Berlin). Frau Barrett-Hampton hat von den Originalen beglaubigte Abschriften anfertigen lassen. Es war bisweilen nicht sehr einfach, Julchens Handschrift zu entziffern. Auch hier hat meine Mutter wesentliche Hilfe geleistet.

Andere Originalbriefe, Abdrucke aus Zeitungen oder Büchern, stellten Madame Elizabeth Lennon-Cage, Chicago, Baron Otte Lychness-Halderstam, Stockholm, Frau Margarethe von Kirchheim, Stuttgart, Prof. Clemens Müller, Wien, William Alfred Salomon Esq., London, Frau Elsbeth Meininger, Zürich, und Rudolph Kempinsky, Berlin, zur Verfügung. Ergänzendes Material (Briefausschnitte, »Briefe über Briefe«, Handschriften und Kopien) stellten freundlicherweise die Bibliothèque Nationale, Paris, das Archiv für Kunst und Geschichte, Berlin-Nikolassee und das Archiv der Wiener Staatsoper zur Verfügung. Allen »Mitwirkenden« dafür ein Dankeschön.

Diese Sammlung von »Correspondencen« aus der Feder Julie Schraders und ihrer Trabanten ist nicht nur eine Ergänzung zu ihren Memoiren, die ich 1971 unter dem Titel »Ich bin deine Pusteblume« herausgeben konnte und die ein großartiger posthumer Erfolg für den »Welfischen Schwan« wurden; sie vervollständigt darüber hinaus das Bild jener Epoche, in der Julchen lebte, liebte und dichtete.

Vorangestellt haben wir Briefe über Julchen, die von ihren Verwandten verfaßt wurden und vornehmlich die Kindheit und die Entwicklungsjahre des »Welfischen Schwans« erhellen. Diese Briefe erlauben es uns, auf eine Einführung in die Vita Julchens an dieser Stelle zu verzichten.

Zum Schluß der Sammlung Briefe, die von verschiedenen Personen nach dem Tode Julchens (1939) verfaßt wurden. Sie schließen den Kreis der Meinungen über den »Welfischen Schwan«. Kein Dokument aber könnte »sprechender« sein als jener Abschiedsbrief an ihren Sohn Hermann, den sie wenige Tage vor ihrem Freitod verfaßte. Das ist Julchens Testament. Und vielleicht liegt in diesen Zeilen der Schlüssel zu ihrem Wesen:

»Mein über alles in der Welt geliebter Sohn!

Du bist noch so jung und wirst das dunkle Geschehen nicht begreifen, das Dich jetzt umgeben wird. Deine Mutter nimmt Abschied von der Welt. Sie nimmt Abschied von dem Liebsten, das sie hatte: von ihrem kleinen, armen Hermann! Ich weiß, daß Du eines Tages begreifen wirst, warum Deine Mutter diesen Schritt ins Dunkle tat. Gott behüte Deinen Eingang und Ausgang von nun an bis in alle Ewigkeit. Amen!

Ich bin krank. Lange bin ich krank. Und niemand kann mir helfen. Nicht einmal Du, der Du mir alles bist, mein kleiner, armer, verlassener Hermann. Verachte Deine arme Mutter nicht. Weine an ihrem Grabe, denn sie hat es verdient. Sie hat in einer Welt gelebt, die sie verfolgte und nicht mochte. Sie hat gelitten, geweint, sich gedemütigt. Sie hat keinen Trost gefunden, keine Liebe. Dein Vater hat mich verachtet, auch wohl geehrt und geliebt, als ich noch jung war und blühte. Er hat mich um meiner schwachen Nerven wegen verachtet. Ich war ihm nicht gut genug, nicht stark genug. Und dann kamst Du ... und mit Dir kam der Himmel über mich. Aber der Himmel verfinsterte sich, je älter ich wurde. Meine Krankheit hat alles zerstört.

Es werden schlimme Zeiten. Für Dich, mein lieber, mein geliebter Sohn! Seit Emmas Tod (ihre Schwester, Anm. des Herausgb.) kann ich nichts mehr verwinden. Sie hat genau so gelitten wie ich. Sie war genau so verstoßen und wäre wohl noch eher dahin, wäre nicht die Liebe von Anni (Emmas Tochter, meine Mutter, Anm. des Herausgb.) gewesen, die ihr alles war. Sie ruht nun dort, wo sie Frieden hat. Und bald werde ich bei ihr sein. Ich werde auf Dich herabsehen, mein lieber, lieber Sohn, und Dich und Dein Tun segnen, mein Hermann!

Ich war, als ich jung und schön war, in einer Welt, die eine Märchenwelt war. Diese Welt war mein Leben, sie war alles. Dann kam die Liebe zu Deinem Vater. Ich wurde aus dieser Welt gerissen und dachte, nun kommt noch eine schönere, herrlichere. Sie kam aber nicht. Da blieb ich allein und wurde krank. Krank bis auf den Tod, der mir gnädig sein will. Ich bitte um einen gnädigen, schnellen, heilenden Tod.

Vergiß mich nicht, mein Herz, mein Lieb! Vergiß mich nie! Vergiß nie Deine unglückliche, arme Mutter! Vergiß mich nicht. Nie!! Gott schütze Dich, er sei Dir allzeit gnädig. Vergiß mich nicht! Einen letzten Kuß, ein letztes Adieu ... Deine Mama.«

Der Sohn fand die Mutter ertrunken im Dorffluß. Zwei Jahre später fiel er, kaum neunzehn Jahre alt, an der Front. Er hatte keinen so gnädigen, schnellen, heilenden Tod wie seine unglückliche Mutter. Man identifizierte seinen Leichnam an einem Bild seiner Mutter, das er sich über dem Herzen in seiner Soldatenjacke eingenäht hatte.

Die meisten Briefe von und um Julie Schrader sind heiteren, kuriosen Inhaltes. Es gibt aber auch einige sehr ernst gemeinte und auch ganz natürlich und realistisch klingende. Sie gehören dazu ... zu dieser tragikkomischen Gestalt, die als der »Welfische Schwan« in die Literaturgeschichte eingegangen ist.

Berndt W. Wessling,
Hamburg, im Frühjahr 1974

Briefe der Verwandtschaft

Rosche, den 1ten Dezember 1892
An Frau Chasine Diesselmann
Chicago, America
Stanford Avenue 131

Meine liebe Chasine!
Wir sitzen hier alle um den Cafétisch und denken an Dich und Deine Lieben. Wir wünschen Dir und den Deinen ein schönes Fest. Ich weiß nicht, wie Ihr Euch teilt, weil Adelbert ja von jüdischer Natur ist. Macht Ihr jetzt zuerst auf jüdisch und dann auf christlich?

Was ich von uns berichten kann, ist, daß wir alle soweit gut beisammen sind. Emma ist eine richtige Pracht. Sie wächst sehr gerade auf und hat stramme Beine, auch einen guten Teint. Der kleine Willy ... allerliebst! Du siehst ihn links auf dem beigefügten Bild, was Jacoby in Uelzen gemacht hat. Was ich über den Stand von Julie zu sagen habe, ist nicht sehr anständig. Sie hat das Englische in den Knochen, ihre Beine stehen nach innen und ihre Füße machen Krischan und Pauline. Sie hat eine eingefallene Hühnerbrust und immerzu einen käsigen Teint, was man hier auch als Bleichsucht benennt. Sie ist überall zu kurz und zu unschön geraten, als daß man damit rechnen könnte, sie einst an den rechten Mann zu bringen. Welch eine Not, meine liebe Chasine! Da waren wir doch von ganz anderem Schlage ...!

Sage Adelbert, daß er auch einmal schreibt, wenn seine Feste vorbei sind und er wieder schreiben darf. Hat er immer noch den americanischen Podagra? Er soll sich in einen Ameisenberg setzen, wenn es den bei Euch gibt. Frau Burgdorf, unten, hat sich im Herbst auch in einen Ameisenberg gesetzt. Es hat ziemlich gebrannt. Jetzt ist sie aber wieder in Schuß und geht umher wie ein Wiesel. Sage ihm das. Das hilft! Frau Burgdorf läßt schön grüßen. Sie kommt im April nieder. Sie wollen einen Jungen. Das aber liegt in Gottes Hand.

Feiert man schön und laßt es Euch wohl sein.

Eure Elisabeth Schrader nebst Kindern Emma, Julchen und Klein-Willy.

Rosche, den 25ten April 1893

Meine liebe Chasine!

Frau Burgdorf ist gestern mit einem elfpfündigen Mädchen niedergekommen. Wieder kein Junge! Er hat sich total besoffen, weil es kein Junge ist. Er randaliert. Nein, so was!

Ich will Dir schnell antworten, weil das mit Adelbert geschehen ist. Hoffentlich kommt er wieder zu sich! So ein Sturz vom Pferde ist manchmal schlimm, was ich hier auch von Bauer Wöhling weiß, der vor fünfzehn Jahren gestürzt ist und jetzt hinkt und dauernd das hitzige Fieber hat. Adelbert soll sich ja vorsehen!

Und was machst Du? Auf Deine Krähenaugen sollst Du Brennesselsaft tun. Zweimal am Tage. Nicht bei zunehmendem Mond. Man soll alle Sachen nicht bei zunehmendem Mond nehmen. Das vergiftet! Emma ist zu niedlich. Man kann sie immzu ansehen. Willy hat die Masern gehabt. Julchen ... ach, sie kriecht so hin! Es ist nichts Rechtes mit ihr. Wenn sie mir nur nicht noch abstirbt wie Frieda und Irene. Ich schreibe nächste Woche wieder, weil ich jetzt an das Kleid für Frau Plumhoff muß. Ich kriege vierzig Goldmark dafür. Sehr schön, nicht?

Für heute schließe ich diesen Brief. Eure Elisabeth mit Kindern Emma, Julie und Willy.

Rosche, den 1ten Januar 1900

Meine liebe Chasine!
Gestern haben Sie bei uns mit einer Kanone das alte Jahrhundert ausgeschossen. Ich denke, daß es gut ist, daß es jetzt vorbei ist. Wir haben es lange genug gehabt. Der Kaiser hat in der Zeitung geschrieben, daß es ein herrliches Jahrhundert werden wird. Ich glaube es auch, denn wir leben in Frieden und haben alle satt.

Was ich von den Meinigen berichten kann, so bin ich sehr froh darüber, wie sich Julchen mausert. Sie hat das Englische ganz verloren und Dr. Itzerodt sagt, daß sie besser auf Fräulein kommt wie Emmakindchen, die mit ihrer Brust kränkelt, was aber vom Heu des letzten Jahres kommt, die hier überall sehr viel Fieber und Pickeln gemacht hat. Wir reiben sie tüchtig ein. Dann geht es.

Julchen ist ja jetzt aufs Internat zu Ballenstedt am Harze. Sie schreibt jede Woche und ist in der Bildung schon recht voran. Sie kann die Könige und Fürsten in Deutschland auseinanderhalten und hat guten Verkehr ...

Rosche, den 17ten Mai 1904

Meine liebe Chasine!
Es schmerzt uns alle sehr, daß Dein lieber Adelbert dahin ist. Eine sehr schöne Anzeige, die sicherlich viel Geld gekostet hat! Ich wußte nicht, daß er noch Archibald hieß. Auch ein schöner Name, den wir hier nicht kennen. Von Burgdorfs soll ich auch sagen, daß sie um Deinen Mann trauern. Es ist oft

so in der Welt, daß die Männer früh dahin müssen. Sie tun zu viel. Da sind sie eher marode.

Ich habe viel geweint um Adelbert und um Dich. Wie schön, daß Du mit Anna nächstes Jahr herüberkommen willst. Ich ziehe jetzt ganz nach Suderburg zu Emmakindchen und ihrem Bernhard. Sie haben ein sehr großes, neues Haus gebaut und wohnen darin wie im Schloß. Sie wollen mich ganz haben. So komme ich aufs Altenteil. Julchen ist jetzt sehr auf Bildung. Sie ist ein ganz großes, vornehmes Fräulein und kommt nur noch zu Weihnachten und Pfingsten. Ich glaube, sie hat einen gewissen Freund, auf den sie baut. Neulich war ein Gedicht von ihr in der Zeitung. Da sind wir alle ganz stolz auf sie gewesen und der Herr Pastor hat gesagt, daß es so hat mit ihr kommen müssen! Sie wird noch ganz berühmt und soll Pfingsten von der Kanzel mit einem Gedicht abgelesen werden.

Trauer' nicht zuviel! Du weißt ihn in Gottes Hand, in der wir alle sind. Dieses spricht der Herr Zebaoth: Ihr sollt alle in mir getröstet sein. Amen!

Schönste Grüße Deiner Elisabeth mit Sohn Willy.

Suderburg, den 10ten Oktober 1911

Meine liebe Chasine!
Wir sind gerade mit den Spätkartoffeln ingang. Aber trotzdem will ich Dir diesen Brief schreiben, weil Du mich immzu gelöchert hast . . .

Mit Julchen bin ich gar nicht zufrieden! Sie doktert überall herum und tut sich mit den Männern ab. Nein, ich bin dagegen! Aber sie ist zum Anbeißen süß! Was Marie aus Limmer über sie sagt, gehört auf den Kompost! Marie redet über alle, nur nicht über sich selbst. Sie kann mir mit ihrem Karl gestohlen bleiben. Wenn Julchen ihn nicht will, was soll ich dagegen tun? Man muß die Menschen auf sich zukommen lassen und dann sehen, ob sie sich mögen. Man kann nichts von oben herunter einfädeln. Wen sie haben soll, den kriegt sie...!

Du kannst Marie schreiben, daß sie so was lassen soll. Es sind nichts als Gemeinheiten!

Ansonsten sind wir wohlauf und wir haben an Emmas Kleinen eine große Freude...

Suderburg, den 2ten Januar 1913

Meine liebe Chasine!
... so haben wir alles in der Reihe! Julchen und Hermann... Nein, wenn Du sie sehen könntest! Sie passen zusammen wie Auguste Viktoria und Wilhelm, obwohl Hermann kein Kaiser ist und Julchen keine Kaiserin... Es grüßt Dich die glückliche Schwiegermutter Elisabeth Schrader, geb. Lüders.

Bremen, den 4. Mai 1905

Meine liebe Schwester Julie!
Gestern erhielt ich Dein hübsches Präsentchen mit der Seidenschleife. Ich bekam auch das feine Gedicht. Wie hast Du das denn gemacht? Hast Du es etwa irgendwo abgeschrieben? Soviel traue ich Dir gar nicht zu, daß Du reimst wie ein ordentlicher Dichter!

Die Pralinés sind wirklich gut. Gibt es so was in dem klöterigen Dorfe? Aha, und einen wirklichen Freund hast Du? Da bin ich aber überrascht. Kann er gut küssen?

Ob ich Pfingsten komme? Ich weiß es noch nicht. Vielleicht. Das hängt von der hübschen Agnes ab, die mit mir Spaziergänge macht. Hat sie frei, komme ich nicht. Hat sie nicht frei, komme ich. Bis dahin Dein Bruder Willy.

Bremen, den 7. Juli 1911

Meine geliebte Julemule!
Es paßt mir gar nicht, daß Du die große Gesellschaft im Sturme nimmst. Sei auf der Hut: die Gesellschaft kann auch Dich nehmen. Du bist zu schade, um in Sodom und Gomorrha unterzugehen. Die Sache mit dem Paul gefällt mir gar nicht. Erst einmal ist der verheiratet und dann: Er hat zuviel Geld. Das verdirbt. Du wirst Dir, bitte, keine großen Geschenke mehr machen lassen. Der Ozelot ist genug. Selbst wenn Du ihn wirklich liebst, er ist nichts für Dich. Verstanden? Überlege Dir mal schön, was ich Dir jetzt geschrieben habe. Und dann antworte. Dein Dich liebender Bruder Willy.

Hannover, den 15. Dezember 1912

Herrn Ltnd. Karl von Grambkow
Neustrelitz
Palais

Lieber von Grambkow!
... ist es wirklich sehr nett, daß Sie sich nach Julie so lebhaft erkundigen. Sie ist ein Geschöpf aus dem Märchenbuche, und schon früh – man sollte meinen, allzu früh – hat sie von ihrer Schönheit Gebrauch gemacht. Besonders sticht an ihr die superbe Figura hervor, welche sich dort wölbt, wo sie sich zu wölben hat ... und welche sich dort verengt, wo der an Schönheit Gewöhnte Herr bei einem Weibe Scylla und Charybdis nicht entbehren mag.

Auf diesem Paradestück an Schönheit sitzt ein Kopf, wie ihn die Griechen nicht päßlicher haben entwerfen können. Er sitzt dort so keck und kiebitzig, so hold und minnig, daß sich ein jeder den Kopf verdreht, hat er auch nur einen Stich in Richtung ewiges Weib. Und wer hat nicht solchen Stich!

Da ist unser lieber Karl aus Limmer, den Sie ja auch haben kennenlernen können (Erstes Garderegiment zu Fuß, Kronprinzessin), welcher von Stichen solcher Art übersät ist. Für ihn scheint Julie ein ganzer Bienenschwarm zu sein.

Davon nun aber genug. Ich hoffe, daß Sie ... Ihr Willy Schrader.

Namur, den 12. Februar 1916

Lieber Grambkow!
... ist wirklich eine dreckige Zeit für uns. Aber: es wird besser, wird bestimmt besser. Papier ist schlecht, Bleistift naß. Hoffe, daß Sie alles entziffern können. Julchen ist offenbar in Ihrer Verbindung glücklich. Sie sollten drüber hinweg sein. Da ist nichts zu machen. Ja, daß sie sich als Poetin hervortut, ist erfreulich, wenn ich auch sagen muß, daß viele Gedichte besser nicht erscheinen würden. Sie wissen, warum. Sie macht alles sehr schön, hat Talent, Frische, Begeisterung und gute Vorbilder, die sie manchmal zu wörtlich nimmt, wenn sie mit dem Junker von Münchhausen all dessen Reime in seiner Kammer einzeln durchgenommen hat. Woran sie krankt, Lieber, ist natürlich ein Mangel an bedeutender, hoher Bildung, was man alles besitzen muß, wenn man eine ganz große Dichterin sein will.

Dennoch liebe ich ihre Gedichte, weil sie Innigkeit und Fröhlichkeit besitzen und oftmals Humor, was sie ja – zum Deibel! – nicht einsehen will! Humor ganz besonderer Sorte, den man nicht kann und nicht will, sondern: der von alleine kommt und wächst. Bei ihr schießt der Humor wie der Spargel über Nacht. Das wär's für heute.

Morgen – vielleicht schon heute Abend – geht der Dreck wieder los. Ich höre von Ihnen? Und wenn nicht, so hören wir uns in einer anderen, besseren Welt wieder. Man kann nie wissen. Also: mach's gut, alter Junge! Dein Willy.

Hannover-Limmer, den 10ten März 1896

Meine Liebe Elisabeth!
Was züchtest Du Dir für einen Hühnerhof heran!? Ist das eine vornehme, gediegene Art wie Deine Julie mit meinem kleinen, unverdorbenen Karl verfährt? Sie hat ihn verführt, das Luder! Sie schreibt ihm Gedichte, welche nicht von Goethe stammen, sondern von des Teufels Großmutter. Da fahre der Blitz hinein in diesen Sündenpfuhl!

Gott, der gerechte, wird es ihr böse lohnen, diesem unseligen Geschöpf, das meinen lieben, unverdorbenen Karl womöglich... Nein! Ich will nicht weiterdenken, denn in meinem Kopfe ist für die Buntkarierten und ihre Ausstrahlung auf den sündigen Menschen kein Platz.

Was würde mein seliger Mann, welcher nun schon seit vier Jahren im kühlen Grabe ruht, zu diesem Unflat sagen, der mich und mein friedliches Haus betrifft? Ich sage Dir, Elisabeth, Du mußt auf sie achtgeben, sonst wird sie Dir eine..., Du weißt schon, was ich meine, eine solche, durch welche ich dazumalen die große Auseinandersetzung mit meinem Verewigten hatte. Dieses sollst Du Dir merken und in Deinem Gedächtnisse anschreiben, sonst komme ich Dir persönlich. Deine Cousine Marie Schrader, geb. Magnus.

Rosche, den 5ten April 1896

Meine liebe Tante Chasine!
Wir haben großen Besuch. Die Bremeraner und die Limmeraner sind da. Tante Adolphine hat auch einen Klein-Karl wie Tante Ilsabe und Onkel Cleomildus. Warum sie bei uns alle Männer und Jungens Karl nennen, weiß ich nicht, es ist aber eine richtige Sucht!

Man kann zwischen all den Karlens gar nicht mehr hindurchfinden. Liebe Tante Chasine, wenn Du einen Jungen kriegst, nenne ihn nicht Karl, damit wir besser wissen, wer er ist.

Karl, diesmal der Limmeraner, sagt, daß ich Dich vielmals grüßen soll. Er hat den Fleck mit der Dinten am Rande gemacht, weil er mich rüttelt. Es ist sehr klug und geht aufs Gymnasium, was sehr teuer ist, aber gut geht, denn Tante Marie hat ein sehr dickes Konto, weswegen unsere Mutter sie immer die Rothschildsche nennt. Karl ist schon ziemlich in Schuß und hat ein Auge auf Julchen, welche aber kniept, weil sie noch nicht auf solche Augen hinaus will. Ich auch nicht.

Wir grüßen Euch alle und sind schön gesund. Deine Emma. Schwester Julchen läßt grüßen und der Klein-Willy und Mama und Frau Burgdorf.

Suderburg, den 10ten Dezember 1910

Liebe Amerikaner!
Zu den Festen wunderschöne Grüße von Emma, Bernhard und den Kindern ... Ach ja, Julchen! Nach Berlin geht sie. Wir sind ganz traurig, und Grummuttée erst! Sie weint seit Tagen sich die Augen aus, weil Berlin eine so große Stadt ist und voller Sünde.

Wenn Julchen auf Karl gegangen wäre, wäre sie jetzt Frau Direktor von Excelsior-Pneus! Aber es hat nicht sollen sein. Karl hat mit Miechen sein Glück gefunden. Julchen ..., wenn sie nicht aufpaßt, bleibt eine alte Jungfer, welche die Männer wohl kennt, aber nicht kirre gekriegt hat.

So, und nun will ich schließen. Bleibt schön gesund und eßt Euch kugelrund. Eure Emma Florentine und die Kinder.

Suderburg, den 12ten Dezember 1912

Liebe Tante Marie!
Der Mensch denkt und Gott lenkt. Wie Du gehört hast, wird es nun auch für Julchen gut. Wir sind alle so froh darüber, daß sie einen richtigen und so anständigen Mann kriegt, was Hermann gewißlich ist. Siehe, ich bin Dein Bräutigam und habe das Leben über Dich, sagt der Herr Zebaoth.

Daß Du schon wieder Großmutter wirst, freut uns sehr. Man kann nicht oft genug Mutter oder Großmutter werden. Das ist die wahre Freude auf Erden für eine Frau.

Ich wünsche nur, daß auch Julchen bald von diesen Wonnen erfährt. Noch ist es Zeit ...

So, wir haben genug geplaudert. Bleibt schön gesund und munter, Eure Emma und die Kinder.

Correspondence mit Karlchen

(Karl Schrader, 1880–1936, war Julchens Cousin. Von ihm und seiner Mutter, Marie Schrader, geb. Magnus, war bereits im vorigen Kapitel die Rede. Aus dem Jugendbriefwechsel zwischen Julchen und Karl sind nur Bruchstücke erhalten geblieben. Oft fehlen auch die Datumszeilen. Man kann aber aus dem Inhalt schließen, daß alle Briefe in einem bestimmten Zeitraum gewechselt wurden, so um 1897 herum, bevor Julchen in das Ballenstedter Internat kam. Karl Schrader besuchte damals das Leibniz-Gymnasium in Hannover.)

Ohne Datumszeile.

Mein süßer, himmelstäuiger Karl!
Nicht wahr, wir sind allzumal Sünder und Geschöpfe in Gottes Hand! (so beginnt der Roman »Haimonskinder« von Nathalie von Eschstruth, Anm. des Herausgb.) Aber Deine Hand ist auch nicht ohne, mein süßer, derber Karl, mein Karlimännchen! Gestern hatten wir Concert und der Herr Pianöhr hat eins aufs Blumenlied von Lange gemacht, welches Emmakindchen so schön spielen kann, wenn sie auf die Töne losgeht. Und da ist es mir gekommen, das schöne Gedicht auf das Deinige. Liese sie und nimm sie hinein in Deinen Geist, damit derselbe blühe, wachse und gedeihe!

(Das folgende Gedicht war möglicherweise die »Ode«, die Julchen ihrem Freund damals sandte:)

Nun hat mein Karl mich angefaßt
Mit seinen schmucken Händen!
Die Wangen sind mir drauf erblaßt:
Wie soll das Ganze enden?

Mein Karl, mein bittersüßes Karlimännchen,
Warum hast Du mir das geraubt?
Der Deckel fehlt zum Kaffeekännchen . . .
Jetzt wird das Schönste angestaubt!

Wer soll in künft'gen, fernen Zeiten
Der Holden in die Augen seh'n?
Ich will, mein Held, nicht mit Dir streiten,
Doch war die Sache nicht sehr schön!

Schön war sie erst, als Du mir lachtest
Hinein ins traute Angesicht.
Da spürte ich, daß Du mir machtest
Das allerschönste Festgedicht!

Ach, Karlchen, dichte mich auf vielen Seiten,
Laß mich Dir eine Ode sein!
Es kommen and're, bitt're Zeiten,
Da bleibt Dir nichts als Mondenschein.

Dann, in der prallen, weißen Lune
Sinnst Du vergang'ner Zeiten nach,
Da ich Dir ward zum Eigentume:
Ein holder Engel, mild und schwach!

(Die Gedichte bleiben der Verwandtschaft verborgen. Julchen sammelt sie in ihrem »Buch der Geheimnisse«, in ihren Tagebüchern, die erhalten geblieben sind. Bei dem vorangegangenen Gedicht stand Emilie Marlitts »Hymnus auf den Entschwundenen« Pate, das Anfang der neunziger Jahre des vorigen Jahrhunderts entstand und damals viel zitiert wurde. Es war ein beliebtes »Kalender-Gedicht«.)

Zwei Handzettel Karl Schraders:

Um elf Uhr, drunten an der Gartenpumpe! Wenn der Mond zu sehr auf die Pumpe scheint, lieber bei den Stangenbohnen am Hinterhof. Dort wirst Du das Glück dieser Welt finden. Ein Gewisser.

Kann ich es heute noch einmal mit Dir tun? Du bist die Blume, die mir blühet! Lasse mich nicht warten. Niemals! Ich brenne auf Dich, Karl!!!

Suderburg, den 9ten September 1898

Du Palme meines Lebens! Wann höre ich wieder von Dir? Karlimännchen, was denkst Du über Deine Herzensjule? Denkst Du Schokolade über sie oder saure Bonsches? Wenn saure Bonsches, will ich nichts mehr mit Dir zu tun haben! Lasse mich zubaldigst wissen, ob Schokolade oder das Saure. Dein Goldkäferchen Julchen.

Hannover ...

Meine Helena!!!!!
Du bist mir von den erhabenen Göttern auf der Wahlstatt des Erlebens gegeben worden. Du bist mir, bei Zeus, eine in die Nähe Gegebene. Fühlst Du das Seiende in mir??? Ich will Deine Nähe, oh Helena!! Deine Nähe!! Siehe, es schreitet der emsige Krieger dahin auf der Bahn der Troglodyten, besiegend und kämpfend um Glück und Eintracht! Julchen, ich könnte dichten, wenn ich es könnte!!! Dein Herzenskarli.

Rosche ...

... die Bahn von diesem Bewußten, auf welcher Du schreitest, ist mir nicht koscher. Ich kenne nur die Bahn, welche zu Uelzen bestiegen werden kann. Um dieselbe ist es mir viel lieber als gelehrte, die sie am Gymnasium in Hannover berichten. Wenn Du was lenkst, so lenke es bald auf mich, denn ich bin wie das Veilchen im Winde, das nach dem harten Busen lechzt, für den es gerupft werden will!

Hannover ...

... bist Du zum Rupfen zu teuer, meine Helena! Du bist nur dazu da, um mich zu lieben. Weißt Du auch, wie man einen ganzen Karl liebt? Indem ich Dir dieses zeigen will, wenn Du zu Besuch bei uns kommst, schließe ich meinen heutigen Brief. Geliebte!!!

Rosche, den 10ten Dezember . . .

Mein Karliliebi!
Das verstehe ich gar nicht, warum Dir der Knopf von der Hose abspringt, wenn Du meinen Brief liest! Vielleicht hat ihn Dir Deine Mama nicht fest genug angenäht. Oder Du hast ihn gezwickelt und gewirbelt, daß er abgedreht ist. Das soll man nicht tun! Deine Mama hat soviel Arbeit an Dich, daß Du nicht noch immerzu die Knöpfe zwirbeln mußt, daß sie abspringen. Warum nennst Du mich immerzu Helene? Es ist dieses kein schöner Name und verletzt mich bis auf die Seele, indem ich Julie und auf die christliche Natur im Menschen getauft bin, was eine richtige Anständigkeit von meinen Eltern ist, sintemal wir eine kannten, die Lenchen hieß und es doll mit Mühle Timms Knecht getrieben hat, welcher buckelig und ganz schmierig, was aber in der Liebe wohl nicht schadet, wie man sieht. Nenne mich Julie, was gut ist. Aber nenne mich ja nicht wieder Helene! Sonst bin ich Dir ganz böse und Du darfst nicht mehr an das Ohrläppchen heran, damit es mich killert. Es killert mich jetzt auch, obwohl Du gar nicht da bist und auch keine andere Zunge an demselben sich wriemelt. Ich lasse keine andere Zunge dran, weil es für die Deine reicht. Bis bald, Dein Engelchen.

Rosche . . .

Mein Karli!
Ich habe den Schnuf, ganz fürchterlich! Und er macht mir die ganze Nase und die Lippen rauh, daß ich schon denke, Du wirst mich gar nicht küssen, wenn Du nächste Woche kommst. Vielleicht kriege ich den Schnuf abort, wenn ich die Füße in heißes Essigwasser stecke. Willy hat auch den Schnuf gehabt und da haben wir ihm die Füße ins Wasser gesteckt, da ist

der Schnuf weggezogen und es war nur noch ein Schnuben, welcher nicht so schlimm ist.

Kommst Du nächste Woche? Ich habe ein neues Leibchen von Schemiehse, was schön prall sitzt und mich ganz grall macht. Du kannst es mal anfassen und mir sagen, ob es gut ist. Bringst Du die rote Brause mit, welche wir hier nicht haben? Wir trinken dieselbe zusammen und muß auch Emma zusehen, weil es immer erst nach paar Schlucken so kribbelt und es nicht genug ist, wenn eine Flasche ist, daß drei sie trinken. Besser wir beiden, aber nicht, daß ich wieder von Deinem Munde trinken soll, weil Du riechst und ich es nicht will, daß ich Brause und den Riech trinke.

Bringe die rote Brause mit und den Knallfrosch, daß wir Mama ärgern und ihn auf das Sopha traktieren. Du kannst ihn untertun, daß ich es nicht gewesen bin. Nicht vergessen: rote Brause und den Knallfrosch. Jetzt habe ich das mit der Hose verstanden, weil Burgdorfs Ferdinand mir das gezeigt hat. Pfui! Du bist auch nicht anders. Dein Julchen.

Rosche ...

Oh, Du seltsames Kamel!
Nein, was Du über mich gesagt hast, daß ich wie ein Sieb sein soll, finde ich gar nicht nett. Du bist ein alter Pümpel und Deine Mama ist auf Recht, wenn Sie Dich Kamel schimpft. Was Dein Schulnachbar gesagt hat, interessiert mich nicht, weil er so dünn wie ein Rhabarberstrunk ist und auch solche Ohren hat, daß er eine ganz häßliche Karnallje ist. Du kannst sagen, was Du willst, aber nicht so einen Unsinn auf mich, weil ich das nicht ertragen kann und Herr Schulmeister Piening auch sagt, daß ich genau so in Bildung bin wie Du, auch wenn ich nicht das Gymnasium betrete. Herr Piening geht jetzt mit mir in die Litaratur und sagt mir schöne Gedichte auf, auch muß ich bei ihm malen und Klavier treten.

Wenn ich noch weiter bin, sagt er, soll ich in das Französische, weil es besser als das Englische ist, wo auch der Kaiser gesagt hat, daß da dieser schlimme Albinon wohnt, der uns was will.

Ich bin jetzt in großer Bildung und Du kannst mir gar nichts sagen. Was Du mir sagen kannst, ist von Deinen Gefühlen. Hast Du Gefühle? Wenn Du welche hast, sage es mir. Dein Julchen.

Rosche, den 2ten Februar 1899

Mein lockigter Karl!
Es tut mir wehe, daß Du so marode von der Medizin bist, die Tante Marie Dir auf die Nacht gegeben hat. Grummuttée und wir sind auch nicht für die Medizin, weil unser Willy davon Hitzepickeln gekriegt hat.

Es wird schon wieder gut. Emma sagt, Du sollst das Jachtern lassen, daß Du Ruhe hast ... und die Hände schön auf das Bettuch, daß sie nicht da nachsuchen, wo ich lieber nachsuchen will. Postmeyer gibt mir Deine Briefe immer solo, daß Grummuttée nicht auf den Wind kommt. Er kriegt eine Mark dafür, daß er sich was priemen kann. Er sagt immer, daß der »Herr Gemahl« geschrieben hat, wenn Du geschrieben hast. So bist Du also mein Herr Gemahl, in was Du Dir große Einbildung machen kannst.

Ich lese jetzt »Die Glocke«. Du sollst sie auch lesen. Es bildet. Auch machen wir Konversation von einem, der Paul Heyse heißt, aber sehr schwer ist, weil er zu sehr gebildet ist. Herr Piening sagt, daß er Doktor Heyse heißt und ein Ackerdemicker ist. Vielleicht kannst Du es auch werden und dann dichten. Du kannst zwei Küsse von mir kriegen (mit Zungenstieber). Deine Julemule.

..., den 4ten April 1899

Karlibommelchen!
Du sollst auf den Kaiser hören und nicht auf die Demokraten, die ihn nicht wollen. Sagt Herr Piening auch, den ich getroffen habe. Er hat mich gefragt, ob die Bildung in Ballenstedt anders ist als in Rosche. Sie ist anders. Sie ist genau so wie bei Euch auf dem Gymnasium. Wieso schreibst Du, daß du jetzt »Prima« bist? Ich finde, Du bist schon immer prima gewesen, was ich oftmals festgestellt habe. Siehst Du auch nicht zu sehr auf die Amanda vom Gymnasialprofessor? Sie hat schiefe Beine und tritt in die Kuhle. Lasse Sie! Du weißt, daß Du für mich wächst.

Ich muß nächste Woche, wenn Ostern war, wieder nach Ballenstedt, weil die Bildung weitergeht. Schreibe mir, warum Du zweimal sagst, daß Du jetzt prima bist. Ich will es wissen. Sofort! Deine Herzensjule.
P.S. Das Besagte denkt auch an Dich. Wo ich schreibe, zwickt es sehr. Was zwickst Du jetzt, wo Du liest?

(Ein Brief Julchens an ihre Freundin Hermione Müller-Habenicht aus dem Jahre 1904, in dem sie über das »Hühnerhofspielen« mit Karlchen in früheren Jahren berichtet. Hermione Müller-Habenicht war die spätere Frau des berühmten Physiologen Jaacob Seidenstücker. Sie starb mit ihrem Gatten 1942 im Konzentrationslager Auschwitz.)

Meine geliebte Hermi!
Fortfahren soll ich nun dort, wo wir beim letzten Briefe stehen geblieben. Die Geschichte vom »Hühnerhofmachen«. Karlchen hatte sie alle ausgezählt. Da schlug er der Gänserin den Rock hoch und ich sah, daß er es den Bullen und Ziegenböcken abgesehen, der räudige Bengel Übermut! Ich raffte meine Sinne und enthob mich aus seiner Nähe, weil ich den

Unart sah, daß er mich zu packen kriegte. Da aber ward mir die Schicklichkeit vor. Und doch ist er auf mich zu, mit Hasten und Prusten und hat mich derbe auf den Grund gedrückt, daß ich bald gestickt wär' und keine richtige Luft habe nehmen können. Aber er ist nur auf mich gelegen und hat geschnörchelt, daß ich Angst hatte, es kommt ihn das Hitzige Fieber an oder sonst was. Ja, weiter wußte er auch nicht, der Gauner!

Zuerst war er dann ganz ruhig und ich dachte nanu. Nanu dachte ich und das war alles. Nach zehn Minuten sagte er, daß ich nun glucken muß und unter einen Korb soll. Das war wieder alles. Tatsächlich alles!

Du siehst aber, liebe Hermi, was die Geschichte uns erzählt! Sie erzählt uns, daß der städtische Mensch, welcher nicht so ganz mit den Schlichen und Kräften der regelrechten Natur bescheid weiß, von dem Hühnerhofspielen keinen richtigen Effekt nimmt. Karlchen hat mich auch noch voriges Jahr, da er nicht mehr den Fips hat und schöne Locken sein Haupt umwehen, zur Fasanin haben wollen. Aber da ist mir die Schicklichkeit der Verwandtschaft vor. Ich habe ihm Meldung getan: Ich lasse mich nicht! Nie und nimmer!

Du siehst, meine liebe Hermi, was einem das Schicksal alles zufügen kann. Aber ... ich bin ihm immer ausgewichen, diesem Mauseschicksal! Und ich will ihm immer ausweichen, wenn es mich einfangen will. Dieses sollst gerade Du gut verstehen, wo Dich das Schicksal so tritt, daß Du nicht mehr weißt, wo Du noch getreten werden sollst. Meine Arme!

Aber ich denke, daß auch Du nicht mehr lange die Maus bist, die vom Schicksal verachtet ist. Auch für Dich kommt der Speck, an dem Du nagen kannst, wenn Du Lust hast.

Sei geherzt und umarmt von Deinem Julchen, das Dich immer liebt!

P.S.: Ich lege Dir das Gedicht bei, daß Herr Kummlehn in der Lüneburger Zeitung eingedruckt hat. Herr Piening sagt, daß es sehr gut ist und bei Goethe liegt.

(Die in Lüneburg erscheinende Tageszeitung für die Lüneburger Heide druckte am 18. Februar 1899 das nachstehende Gedicht Julie Schraders ab, die sich bereits damals einen zusätzlichen, »poetischen« Vornamen zugelegt hatte. Sie nannte sich Julie Fédore Schrader. Bis etwa 1908 tragen ihre Gedichte diese Namenskennzeichnung. Wir wissen, wie Julchen zu diesem wohlklingenden Vornamen kam: Eine Verwandte von ihr hatte in Tangermünde einen Schokoladenfabrikanten geheiratet, dessen Produkte die Bezeichnung »Féodora« trugen. »Ein reizender Name. Er klingt wie Ambrosia!« schrieb Julchen. Und schon machte sie sich denselben zu eigen.)

Schicksal!

Es hat geklopft an meine Tür
Und klopft seit vierzehn Wochen.
Doch ich . . ., ich komme nicht herfür
Und fällt das Fleisch vom Knochen!

Es hadert draußen vor sich hin,
Das böse, böse Schicksal!
Ich lass' es rasen: dick und dünn,
Gönn' ihm nicht einen Blick mal!

Es kann sich tummeln auf Kompost,
Der Hofhund soll es fressen.
Mir frommt der frische, kühle Most . . .
Das and're wird vergessen.

Doch kann ich nie mehr aus der Tür,
Ich muß im Hause rasten.
Mein Leben liegt an einer Schnür',
Und endet noch im Kasten.

Oh, Schicksal, fleuche von dem Haus,
Ich muß die Lüfte haben!
Ich kann sonst nicht zur Tür heraus.
Willst Du nicht mal nach Schwaben?

Geh' mal auf Reisen nach Berlin,
Dort kannst Du, Schicksal, toben.
Wo Kaisers ihre Rüben zieh'n,
Kannst grünen Klee Du loben.

Lass' mich hinaus, Du böser Gast!
Zuletzt krieg' ich das Fieber.
Hast Du die Tür schon angefaßt?
Wenn ja, dann lass' ich's lieber!

Bremen, den 20. Oktober 1907

Mein lieber Karl!
Zu Deinem Wiegenfeste wünsche ich Dir das Allerallerbeste. Wo Du nun Herr Direktor wirst, sind Deine lieben Füße nicht mehr für das Wollene. Ich schenke Dir zwei Paar Mauser aus Zwirn, daß Du richtig vornehm wirst, denn, was die Gesellschaft ist, so sieht sie auch auf die Füße: die krummen und die geraden! Ich bin in großer Eile, weil wir heute die Frau Hofopernsängerin Scheele-Müller zum Lönsch haben. Machst Du jetzt auch Lönsch? Du solltest es machen. Alle Direktors in Bremen machen Lönsch. Es gehört sich so.

Indem ich Dir recht warme und vornehme Füße wünsche und alles Gute für das nächstselbige Jahr, verbleibe ich in bester Erinnerung Deine ewige Julie.

Hannover, den 12. Februar 1913

Meine schöne Julie!
Spät erfuhr ich von Deinem Glück, welches Du nun mit dem lieben Hermann Niewerth zu machen gedenkst. Ich wünsche Dir von Herzen alles Gute und auch ihm, obwohl ich natürlich ein wenig traurig bin, daß ich nicht der Erwählte habe sein können. Es hat sich anders gefügt und hoffentlich zu Deinem Vorteile! Du wirst Deinen Weg machen. Grüße mir den Hermann. Dein Karl.

Berlin, Ostern 1913

Mein lieber Karl!
Sei recht bedankt für Deine Gratulation. Sie kam von Herzen. Es dauert mich, daß Du traurig bist, aber es konnte nicht anders sein. Trauer ist Liebe, Liebe ist Trauer. Sei vernünftig. Ich bin es auch. Ich bewahre mir ein Bildnis bis ans Lebensende. Deine Julie, jetzt glückliches Fräulein Braut!!

Emil

Ballenstedt, den 2ten April 1898

Meine allerliebste Grummuttée, mein goldiges Emmakindchen!
Habt Dank für Euer Paketchen, welches sogleich nach dem Eintreffen durch die Kraft meiner Hände geöffnet ist worden. Ich habe alles mit Genuß erhalten und gesehen und bin sehr froh, indem ich so verwöhnt werde. Die Schokolade ist von bestem Geschmacke und liegt wie Mannah auf der Zunge. Das Leibchen von Häkeltwist, was Emma gemacht hat, liegt schön eng an und macht gewisse Figur, was ich jetzt hier gut gebrauchen kann, denn es spricht mich seit Tagen ein Herr an, welcher so alt wie Lehrer Piening ist, aber viel vornehmer und auch schöner im Ganzen, weil er nicht so einen Bauch hat und sehr gerade Beine, die in adretten Beinkleidern stecken.

Ich weiß noch nicht, in welchen Belang er mit mir treten will. Aber ich habe es im Gefühle, daß er treten will. Wir werden sehen, obwohl die Vorsteherin gesagt hat, daß wir keinen Menschen grüßen dürfen oder mit ihm reden, wenn er von männlicher Natur ist. Auch den Konditter Pohlmeyer dürfen wir nicht mehr ansehen als eine Sekunde, weil die Knille-Kuhloo sagt, daß es sich nicht schickt.

Der Herr hat ein leidvolles, aber nicht marodes Gesicht mit Bartsproß. Es nimmt sich sehr elegant aus, so daß man denken könnte, er ist ein Schausteller oder Frisöhr.

Genannt hat er sich noch nicht, man nur gehüstelt und gegrüßt, wenn er vorbeigeht, was er sehr oft tut, daß es schon auffällt. Wenn er was sagt, schreibe ich Euch gleich, damit Ihr wißt, daß ich nichts Unrechtes tue. Vielleicht schreibt Euch die Vorsteherin, daß mich ein Herr grüßt. Dann wißt Ihr gleich bescheid, daß sie sich was denkt, was Ihr Euch nicht gleich denken sollt.

Die Bildung geht weiter. Sie ist jetzt bei Seite 75 in Schillers »Maria Stuart«, was eine Königin war, die in Schottland in den Sack nießen mußte. Sagt Mademoiselle Plühmann, die es wissen muß, weil sie ihre Nase in jeden Dreck steckt. Das mit dem Sack ist nur ein Bild. Hat sie gesagt. In Wirklichkeit ist der Sack gar kein Sack, sondern der, wo hinein ihr Kopf gefallen ist, als sie ihn abgehackt haben.

Ob sie ihn wirklich abgehackt haben, weiß ich nicht. Ich habe schon hinten in dem Buch gelesen und da steht nichts davon drin. Vielleicht ist es so ein Jokus wie mit dem Sack von Knecht Rupprecht, der auch keinen in Wirklichkeit hat und bloß denselben von den Eltern kriegt, die ihre Kinder damit fexieren oder Kekse geben.

Man soll eigentlich nicht Kekse schreiben, wie es Herr Piening gesagt hat, sondern Cakes. Das ist englisch und vornehm, obwohl es der gleiche Teig ist aus dem die Kekse und die Cakes gemacht sind.

Ich muß jetzt auf die Malerei gehen, weil Mademoiselle von Klasen morgen etwas sehen will. Wir sollen eine Vase mit Blumen machen, was sehr schwer ist, weil man Veilchen und Hüarsinten nicht von der freien Leber weg zeichnen kann. Man kann sie um sich herum zeichnen, aber nicht, was innen drin ist. Ich muß mich sehr anstrengen, daß was aufs Papier kommt. Wenn nichts aufs Papier kommt, kriegt Mademoiselle von Klasen Habichtaugen und sagt, daß wir Otterngezücht sind und keine Furcht im Herrn haben. Die habe ich aber. In derselben grüßt Euch Euer Julchen, Pensionistin.

Ballenstedt, den 7ten Mai 1898

Mein liebstes Emmakindchen!
Wie es Deinem Zuckerjulchen geht? Es geht ihm sehr, sehr gut. Vor ein paar Tagen, da ist sie mit einem wahren Prinzen auf Spazier gewesen. Du glaubst es nicht? Die Frau Vorsteherin hat die grüne Tobsucht gekriegt und zwei Tage lang nichts essen können und auch nichts von sich gegeben.

Ein wahrer Prinz! Ich bin auch sehr erschrocken, daß er ein echter Prinz ist, aber er hat es mir gesagt ... und die anderen in Ballenstedt wissen auch, daß er ein Prinz ist. Dazu ein Dichter wie Gottlieb Müller aus Suderburg. Er heißt Emil und hält sehr auf sich.

Aber er geht nicht sehr weit mit mir, nur ein Stück und sagt dann »Habe die Ehre«. Was der immer mit seiner Ehre hat! Er soll mal was anderes mit mir haben. Aber er denkt, daß er mit einer Pensionistin in keinen weiteren Belang treten darf. Nun gut. Es wird sich zeigen.

Wenn ich wieder mal einen Prinzen habe, schreibe ich es Dir. Es ist besser, Du sagst Grummuttée nichts von der Sache, weil sie es nicht verstehen wird, daß ich mit wahren und echten Prinzen gehe. Ich bin mit Emil ganz privat und sage es nur Dir, damit Du von meiner Fassong weißt. Nun weißt Du alles. Dein Julchen.

Ballenstedt, den 14ten Mai 1898

Mein Goldemmalein!
Wir sind schon ein gutes Stück weiter ... Emil und ich. Obwohl ich Dir sagen muß, daß Prinzen wie ganz gewöhnliche Männer sind und nichts an Vorfind haben, was sie unterscheidet. Du gehst dahin und denkst, da kommt ein Frisöhr. Es ist aber kein Frisöhr, sondern ein Prinz, der Dir gar nicht an die Haare will. Mein Prinz ist hier auf Kur, weil er eine

hitzige Leber hat. Er trinkt jeden Tag zwei Kannen Wasser, damit die Hitze von ihm geht. Kaum hat er eine Kanne aus, drückt es ihm auf die Blase, daß er pien muß. Dann errötet er und sagt: »Pardon, mein Fräulein, Sie können mich wohl einen kleinen Moment entbehren!« Dann entbehre ich und ich weiß, wo er war, denn er piet sich immer auf das rechte Hosenbein.

Nun frage ich Dich, warum piet sich ein Prinz immer auf das rechte Hosenbein? Er wird nach der anderen Seite nicht können ... wie bei Onkel Cleomildus, der Steine davor hat, daß sein Kukuck nicht rauskommen kann, um zu sagen, was es geschlagen hat. Ich hoffe, daß mein Emil solche Steine nicht hat und daß sein Kukuck noch schön mobil ist. Aber er piet nach rechts. Was meinst Du?

Vielleicht macht er deswegen die Kur. Er fuscht schon vier Jahre jeden Frühling und Sommer in Ballenstedt. Bald muß es aber doch genug sein, denn ... wenn einer nach vier Jahren immer noch rechts einpiet, dann hat es nichts geholfen!

Emil ist sonst noch sehr schön im Geschirr, wenn er auch einen sehr dicken Peau-Peau hat. Das macht nichts aus. Er trägt einen Kötterweg (Cut away? Anm. des Herausgb.), was die Blähung hinten wegmacht, daß er schlank aussieht wie eine Tanne. Sonst hat er schöne Augen und trinkt mit mir, wenn's keiner sieht, französische Schokolade.

Wenn ich einmal reich bin, trinke ich mit Euch auch französische Schokolade, welche Bäcker Hein in Ülzen nicht hat, aber noch kriegen kann, wenn ich reich bin und es ihm sage.

Ich kriege hier viel Pfeffer in alles und ich habe den Schnuf (Schnupfen, Anm. des Herausgb.) davon, welcher überhaupt nicht weggehen will. Emil sagt, es kommt von dem jungen Heu. So ein Blödsinn! Wie kann man vom Heu den Schnuf kriegen!? Dann müßten ja alle Kühe dauernd denselben haben. Ich glaube aber, daß er weg ist, wenn ich Euch das nächste Mal schreiben tue. Es küßt Dich für heute Dein Zuckerjulchen.

Ballenstedt, den 17ten Juni 1898

Meine liebe Schwester!
Seit gestern lenkt Emil meine Schritte. Er sagt, daß ich die Ballenstedter Bildung in Person bin. Ich soll zu seiner Frau Tante nach Hannover als Vorleserin, weil dieselbe keine hat und immer alles vorgelesen haben muß, weil sie schon alt ist und lieber hört als liest. Emil sagt, es ist vornehm, wenn man sichs lesen läßt.

Wie soll ich das unserer Grummuttée sagen? Ich habe ihm gesagt, daß ich noch ein Jahr als Pensionistin hier in Ballenstedt die Bildung haben will. Vielleicht nimmt mich dann seine Frau Tante nach Hannover, damit ich ihrs lese. Wenn ich Ende Juli komme, will ich es mit Euch besprechen. Sage aber noch nichts, weil sie hier schon genug sagen. Schade, daß Du Emil nicht kennst! Er ist perfekt mit mir und sagt sogar, daß ich seine Zuckererbse bin. Er hat nur solche vornehmen Ausdrücke und bewirft mich damit. Konditter Pohlmeyer dienert immerzu, wenn wir auf französische Schokolade zu ihm kommen. Er sagt Durchlaucht und Hoheit. Emil ist beides, weil er von beiden Seiten adelig ist.

Nun muß ich schließen, weil die Dinten stockig wird. Es küßt Dich Dein liebes Julchen.

Ballenstedt, den 30ten Juni 1898

Liebe Grummuttée!
Seit gestern habe ich es mit der linken Brust, weil der Zitz ganz rot ist und scheuert. Ich habe kalten Umschlag gemacht, geht aber nicht weg. Ob ich den Rotlauf habe? Schreibe mir schnell mit Extrapost, was ich tun soll. Die Vorsteherin hat mich ganz krüsch angesehen und tut gar nichts. Sie hat nur gesagt »Kind! Kind!« und die Arme zum Himmel ausgestreckt. Als wenn ich die Räude habe! Nachher hat sie mir

in die Augen gesehen und geseufzt: »Dieser dolle Prinzendichter!« Ich habe nichts getan und bin ein Kind der Tugend. Selig sind, die da Leid tragen!

Also schreibe mir sehr rasch, damit ich besser werde. Es umarmt Dich Dein liebes Kind Julie.

Sagan, den 1. Juli 19...?

Lieber Münchhausen!
Tief stehe ich in Ihrer Schuld. Es ging mir wieder sehr schlecht. Deswegen das Versäumnis. Ich bin gerührt, daß Sie das Kind aufgesucht haben. Sie ist ja wirklich noch ein Kind, wenn auch eines, daß sich aus natürlichem Charme aller weiblichen Register mit äußerster Bravour bedienen kann.

Wie gesagt: Ich bin Ihnen zu stetem Dank verpflichtet. Und haben Sie, wenn's Ihnen die Zeit erlaubt, weiterhin ein Auge auf sie. Mit besten Empfehlungen von Haus zu Haus Ihr E.

Sagan, den 2. September 1901

Lieber Münchhausen!
Das ist ja kaum zu glauben! Wo haben Sie denn diese Strophen gefunden? Und dazu der Name! Mein Gott, wie ist das möglich! Wie kommt »sie« in den Wiener Almanach? Haben Sie eine Ahnung? Ich werde Sie demnächst in Hannover sehen. Sehen werde ich sie. Nur Sie, lieber Münchhausen, wissen, was das für mich bedeutet! Für ein paar Tage wird mir die Jugend zurückkehren.

Und nun zu der Sache mit dem guten Moritz...
Wie immer Ihr E.

Magdeburg, den 20. Oktober 1901

Chèr Prince!
... so ist also das eingetroffen, was ich seit langem vermutet habe: Man ist total verliebt! Warum denn nicht? So alt sind Sie nun auch wieder nicht. Superbes Dingchen, knusprig, auf dem Lande gebacken. Guten Appetit, mein Verehrtester! Und: wohl bekomme »es«.

Wie immer Ihr Münchhausen.

Sagan, den 13. Februar 1903

... es saust und braust mir in den Ohren, mein lieber Münchhausen. Sie hat mich so von sich eingenommen, daß ich an niemand anders einen Gedanken mehr verschwenden kann als an »sie«. Sie ist alles für mich! Gegenwart und Zukunft!

Hamburg, den 17. August 1905

Mein lieber Münchhausen!
Für Ihre Aufzeichnungen und die Übersendung des Almanachs haben Sie besten Dank. Ich konsultiere hier einen Arzt, der sich auf meine Leiden sehr gut verstehen soll. Ja, ich habe abgeschlossen. Das Alter hat mich gepackt. Schluß. Finis.

Ab und an ein Lichtschein, wenn ich von ihr höre. Sorgen Sie sich gelegentlich um sie? Ein teurer Name: Julie! Wonnen und Vergessen, Himmel und ... jetzt die Hölle. Ich bin unglücklich und Sie verstehen mich. Lassen Sie von sich hören, mein Bester.

Ihr verzweifelter E.

Hannover, den 13. Juli 1906

Mein liebes Emmakindchen!
Es ist kein so schöner Anlaß, daß ich Dir schreibe... Ich habe gehört, daß es Emil sehr schlecht geht. Er kann kaum noch aufstehen, der Arme. Ja, es ist ein Elend, daß der Mensch alt wird... Sie sollten eine Medizin gegen das Altwerden erfinden. Jeder wird sie saufen und wenn sie aus Jauche ist!

Emil dauert mich, obwohl ich ihm nicht helfen kann. Sie würden mich nicht vorlassen. Seine Frau... Ach, was schmerzt es mich! Und wenn ich ihm nur eine Stunde den Kopf halten könnte. Mein Kindchen würde wieder gesund. Mein alter, lieber Emil!

Nun will ich Dir von unserem Fest berichten...

Julius Goldschmidt

(Julius Goldschmidt, geb. 1879 in Harburg, gest. 1943 im Konzentrationslager Auschwitz, war der Sohn eines reichen Fabrikanten, bei dem Julie Schrader 1905/06 als Hausdame engagiert war. Die Goldschmidts führten in der Industriestadt vor den Toren Hamburgs ein großes Haus. Julchen kam so in den Genuß, mit vielen Utilitäten und Kapazitäten ihrer Zeit »auf höchster Ebene« verkehren zu dürfen. Dazu gehörten Eugen Hildach, Karl Muck, Ida Boy-Ed, Leo Fall, der Bankier Bleichröder, die Sopranistin Katharina Fleischer-Edel und die berühmte Altistin Ottilie Metzger-Lattermann.)

Harburg, den 2. Mai 1905

Mein heißgeliebtes Emmakindchen!
Was Du mir in Deinem Letzten von den gewissen Flausen schreibst, ist nicht schön von Dir, weil Du Dir kein Maß nehmen kannst von unserer Vornehmheit in der Villa, vor der jedwedereiner einen tiefen Diener macht, geht er stehenden Fußes hier vorbei. Ich habe keine Flausen und will auch selbige gar nicht haben. Daß mir Herr Julius auf die Kur (Cour, Anm. des Herausgb.) kommt, geht nicht auf mein Konto. Es kitzelt ihn, daß ich von bewußter Schönheit bin. Und warum soll es ihn nicht kitzeln? Es kitzelt viele, wo ich mich den allgemeinen Blicken in der Gesellschaft abgebe. Gestern hat es Herrn Muck gekitzelt, welcher sonst nicht auf die Frauen aus ist, aber doch von mir eingenommen ist.

Du sollst nicht soviel Schlechtes von mir denken, denn ich bin durch und durch von Anstand und Benimm gemacht, was Du auch in tiefster Seele weißt. Aber in der höheren Gesellschaft geht alles auf die bestimmte Fassong, von der ich Dir was sagen will, wenn ich das nächste Mal gen Dir komme. Bist Du jetzt schon weit? Sieht man es? Im August soll es sein? Vielleicht ist es ein Junge. Ist es keiner, soll das Kleine nach mir benannt werden.

Du mußt sehen, daß Du nicht zu oft in die Umstände kommst, sonst verlierst Du Figura und wirst ganz beutelig und es hängt Dir um die Taille, die auch dann nicht mehr da ist. Hole Dir jede Woche frische Citronen von Winters Kaufladen, dieselben machen die Taille schlank, und es ist eine Gemeinheit, daß welche sagen, daß Kind kriegt einen gelben Kopf davon.

Julius läßt schön grüßen, obwohl ich ihm nicht sage, daß ich an Dich schreibe. Er sagt immer, daß ich alle grüßen soll, welche mit mir zu tun haben. Deswegen. Nun will ich schnell schließen, denn wir sind heute Abend auf Musik beim Herrn Kalischer, welcher auch in Eisen und Blech macht und ein Konto hat, daß Du nicht glaubst wie es das gibt. Glaube es aber doch, denn ich weiß es. Ein Küßchen auf das Bäcklein meines lieben Emmakindchens gibt hiermit durch Papier: Julchen aus Harburg.

Harburg, den 8. Mai 1905

Emmalein!
Wenn ich schon wieder die Tinte ergreife, so ist dieses ein wichtiger Anlaß: Julius hat mich zur Braut bestellt. Gestern Abend; aber ich will nicht, weil er von jüdischer Natur ist. Es ist von gutem Vorteil auf jüdisch zu sein, aber bei ihm stört das, weil er sich jedes Freitag, den sie Schabbes nennen, eins drauf schmeichelt. Du kannst Dir nicht vorstellen, was

er mir für ein Gedöhns damit macht. Schabbes küßt er nicht und liest auch keine Zeitung nicht, weil sie Schabbes nicht arbeiten sollen. Aber ich ... ich soll's! Verlangt er doch, daß ich ihm Schabbes sogar die Schuh' anziehe! Da bin ich ihm aber gekommen! So ein Fatzke! Ich will ihn nicht, daß ich ihm jeden Schabbes die Schuhe muß anziehen.

Ansonsten ist er sehr propper und hat das Gewisse, aber ich habe es mir überlegt. Was sagst Du? Will man sein ganzes Leben lang dem Manne Schabbes die Schuhe anziehen? Ich nicht! Wenn Du denkst, daß ich es tun kann, schreibe mir express, daß ich mich in meiner Meinung noch ändere.

Er hat schönes Haar, schöne Augen. Auf sein Geld sehe ich nicht, weil ich anständig bin. Schreibe schnell, daß ich mich entschließe. Es fällt mir schwer, weil ich ja schon mit einem echten Prinzen die Ehre hatte. Julius ist solche Ehre nicht, aber nicht der Schlechteste. Rate mir. Deine Julie.

Harburg, den 18. Mai 1905

Liebstes Emmakindchen!
Ich beeile mich, Dir auf Deinen Geliebten vom letzten Freitag rasend zu antworten. Es ist mir viel Dampf von der Leber gegangen, nachdem Du gesagt hast, daß ich nicht meine Liebe zu Juliussen in Eile tun soll. Ich tu sie jetzt mit Langweile, was auch geht, aber nur langsamer.

Nun bin ich vier Monate bei Goldschmidts und habe mich noch immer dem schönen Julius versperrt, obwohl er ab und an ganz schön mit der Anlehnung an Corpus dran ist, was ich mir aber verbiete, wenn es auch kitzelt. Er ist so sehr französisch und verkehrt jetzt mit Dichter Dehmels und dem Dirigenten, welcher Muck heißt und den ich Dir schon in einem der vorigen Briefe geschickt habe. Er läuft Tag ein und Tag aus mit einem Frac herum. Selbiger dient ihm auch wohl als Négligée, wenn er zu Bette geht.

Als er bei uns zu Gaste war, wir machten Diner für ihn, sagte er soviel wie ein Hering. Für den Herrn Julius war das peinlich, denn unser Madammchen quasselt um so mehr. Ihr Mund, welcher von eigentümlicher Schiefheit, stehet niemals still. Wie das elektrische Klavier, das auf Juliussens Zimmer steht und sechs Stücke kann, wovon mir ›Heut' war ich bei der Emma‹ am besten gefällt. Manchmal spielt Herr Julius es mir vor. Dann wird mir ganz weich in den Knien. Wie Weihnachten, wenn es mit der Bescherung losgeht.

Unser Herr Julius sagt, Herr Muck hält nichts von Damen. Das sieht man ihm auch an. Denn er ist viel zu schmal auf der Brust, käsig im Gesicht und würde bei jedem normalen Umstand, welchen das Geschäft mit der Weiblichkeit nun einmal mit sich bringt, sanft im Herrn entschlafen. Da sage ich nur mit dem Herrn Julius: Caque!

Bei allerfeinster Herrschaft ist dieses an und für sich schreckliche und gemeine Wort jetzt doll in Mode. Man sagt es sogar bei der Tafel. Jedenfalls unser Madammchen und der Herr Julius. Was hätten wir für Strafen bekommen, wäre es uns in Gegenwart unserer lieben Mutter aus kindlichem Munde entschlüpft! Du brauchst ihr diesen Brief nicht vorzulesen, damit sie es nicht in den falschen Hals kriegt.

Mein Herr und Gebieter, Baruch Goldschmidt, welcher sich jetzt Bernhard nennt, weil Baruch das Geschäft schädigt, er meint es gut mit mir, klopft er doch mit einem goldenen Zwanzigmarkstück, auf welchem das Portreht unseres schönen Kaisers steht, dienstags und donnerstags an die Tür von meinem Chambre (Bellétatsche), um nicht mehr und nicht weniger als meine Beine zu sehen, welche in ganz anderen Umständen als die von Madammchen sind. Deswegen. Sie frommen seinen Augen wohligst. An den Zehen beginnt er zu sehen, bei den Knöcheln angelangt, zückt er den Zwicker, um ihn kurz vor den Knien wieder abzunehmen, hat ihm doch der Schweiß die Gläser blindgemacht.

Nur eine Prise noch, mein bester Herr. Bei den wirklich

hübschen Scharfmacherstrumpfbändern von Plaut aus Uelzen, welche Du mir zu meinem letzten Geburtstag geschenkt hast, hat Amor die Grenze gesetzt. Bis hierher und nicht weiter. Wie kurz geht ihm der Atem, seine Augen haben Besedowische Krankheit, gleich würgt er und verlangt nach Hingfong, den die gute Magd parat hat. Und wenn er dann vom Tode seiner Süchte auferstanden, steckt er mir das Zwanzigmarkstück in das Tor zum Busen, wo ich es gebettet lasse, bis der Kerl vondannen. Wahrlich ich sage Euch, es kostet Schweiß, sein Brot bei fremden Herrn zu nehmen. Freilich ist die neue Herrschaft zu Harburg sehr viel splendider und comfortabler als die Baronin zu Hannover. Herr Baruch, jetzt Bernhard, ist wie Sammet; sein Julius aber, pralle dreißig Lenze alt, wie Seide. Es schmiegt sich und fügt sich und biegt sich. Ei, plustert sich der Hahn, da er gewahrt die neue Henne! Hole er sich nur den Fips, Mussjöh! Die Neue ist windig und weiß die Dicke des Favorollos von der Länge des Rodeländers zu unterscheiden! Plustern, plustern, gackern, gackern! Das ist der Goldschmidts Hühnerhof: Madammchen lugt aus ihrem grauen Manchester wie der fette Kapaun aus der alten Bratenröhre; die Jungfer Samuela hat Haare an den Beinen wie's Perlhuhn Federn. Dann unsere Kleine mit dem Namen wie Hustensaft: Hebzibah! Hast Du das schon einmal gehört? Sie haben alle solche komischen Namen. Aber Hebzibah habe ich noch nie gehört, was wie Zwieback klingt, wenn auch nicht ganz so bröckelig. Sie ist ein Küchlein, hübsch geraten, zum Weiblein noch nicht ausgeschlüpft, ein stolzes Hennlein mag sie werden. Ach, und so ein alter Geldsack wird sie eines Tages rupfen, damit Geld zu Geld kommt. Es ist genau wie bei uns in Rosche und wie bei Euch in Suderburg. Geld heiratet Geld und Armut freit Armut. Was für eine verkehrte Welt! Aber es ist nun einmal so und Du kannst nichts dran machen. Willylein schreibt, daß er alles bald ändern will; aber das sagt er nur, weil er bei den Sozialdemokraten doktert, was ein großes Übel ist, denn die Sozialdemokraten sind wie die

Katholiken: sie machen nur Profit von den anderen, indem sie alles besser machen wollen, es aber nicht können.

Morgen gehen wir nach Hamburg auf die Oper. Es gibt was von Verdi, den sie hier alle mögen. Herr Muck ist aber mehr auf Wagner, der einen Ring gehabt hat, welcher mit Fluch beladen war, indem er alle zerstört hat, die ihn bei sich getragen. Es muß kein geringer Ring gewesen sein, sonst hätte ihn Wagner nicht gehabt. Wir gehen hin, weil die Frau Edel singt, welche auch noch Fleischer heißt, aber mit einem solchen nicht verheiratet ist. Sagt Herr Julius. Sie hat zwei Namen. Weil sie überkandidel ist. Sage ich. Vorige Woche war sie bei uns und hat in fünf Minuten zwei Pfund Fischeier gefressen, daß ihr die Kaviars zuletzt wie Popels um die Nase und den Mund geklebt sind. So sind sie alle, welche singen. Sie fressen sich schier zu Tode!

Julius ist jetzt voller Flausen. Er sucht nach einem Nest, scheint mir. Warte nur, warte nur balde legt auch dieser Kuckuck ein Ei!

Nun habe ich über viele Seiten genug geschwätzt, daß mir die Tinte schon ganz warm geworden ist. Mein liebes Emmakindchen, wenn Du nun bald zum zweiten Male in die Wochen kommst, nehme ich meinen Urlaub, um Dir nahe zu sein. Dann wollen wir ganz in Ruhe unser Kindchen kriegen und neun gerade sein lassen, wie? Es küßt Dich und umschmust Dich Dein Herzensjulchen.

Harburg, den 21. Mai 1905

Meine geliebte Schwester!
Wir sind so in Eile, daß ich nur wenig Zeit habe, um die Tinte zu schwingen, daß Du einiges von mir hörst, weil Du Kinderkrankheit hast und auf was Geschriebenes von mir wartest. Nun will ich Dich nicht enttäuschen und Dir schreiben, daß gestern eine andere Sängerin bei uns war, die Ot-

tilie Metzger-Lattermann heißt und auch so überkandidel ist, daß sie zwei Namen haben muß. Das kommt bei ihr, weil sie ein Herr Lattermann, auch Sänger, zur Frau gemacht hat. Sie ist nicht schön und hat eine Nase, daß Du denkst, es sind zwei Nasen von unserem Madammchen. Aber sie ist sehr milde und singt auf alt, was sehr tief klingt, als wenn Küster Thiele auf Beerdigung singt.

Sie ist von Julius aufgebracht worden, der sie im Hamburger Operninstitut gehört hat, wo sie auf Entrée singt. Herr Lattermann ist nicht mit ihr, weil er zu Neustrelitz singt, was in Mecklenburg liegt, wo Fritz Reuter gearbeitet hat. Ich weiß nicht, ob sie da auf plattdeutsche Sprache singen, aber vielleicht, weil es da nur Bauern und Köthner gibt. Sagt Herr Julius. Ottilie hat zu mir gesagt, daß ich von vollendeter Figur bin und auf die Mannsleute steche, was ich aber ja schon längst weiß. Auf sie stechen die Männer gewiß nicht.

Sie hat mir eine Photographie gegeben und gesagt, daß es eine Carmen ist – steht auch drauf, unten, ganz krickelig –, die sie da gerade macht. Sie sieht aus wie ein Luder. Das habe ich ihr auch gesagt. Sie hat aber nur gelacht und gesagt, daß ich es noch lernen werde, was sie auf dem Bilde in Wirklichkeit ist. Julius hat gesagt, er will mich mitnehmen, wenn sie mal wieder die Carmen ist, was sehr schön sein soll und von Zigeunern handelt.

Frau Boy-Ed kennt sie auch, die Dichterin. Es muß schon was sein. Wenn ich es weiß, was es genau ist, schreibe ich Dir wieder. Dein Zuckerjulchen.

P.S.: Die Ottilie ißt auch wie ein Berserker. Von Kartoffeln sagt sie, daß sie kein Schweinefutter nicht mag. Pfui! So was über die schönen Kartoffeln!

Harburg, den 6. Juni 1905

Meine liebe Emma!
Gestern war Hochzeit. Du kannst es Dir nicht denken, was ich ausgehalten habe! Der Bräutigam ist Bernhard Meyer, der große Geschäfte in feiner Konfection hat zu Harburg und zu Uelzen. Kennst Du ihn nicht aus der Bahnhofstraße neben ›Stadt Frankfurt‹? Er heißt genau wie Dein Mann, Emmakindchen, obwohl er mit Euch ja gar nichts zu tun hat. Hier ist er sehr angesehen und gehört zu den Harburger Spitzen. Er hat einen Kürbisbauch und Beine wie Leberwürste, was aber nichts für die Ehe schadet, denn in den Beinen und im Bauche zeigt sich nicht der rechte Mann! Ist er recht, hat er seine Innereien gewiß auf dem richtigen Flecke und man kann was damit anfangen.

Unser Samuelchen hat am Tage vor der Trauung, die sie Kittuschäng nennen, ins Wasser müssen, welches in einem großen Becken vom Regen aufgefangen worden ist. Sie haben sie in der Schul', was ihre Kirche ist, bei lebendigem Leibe oftmals untergetaucht, damit ihre Unreinheit von ihr genommen werde. Nun frage ich Dich, wo sie unrein sein soll, weil sie noch nie zuvor ... Aber das ist Gesetz bei ihnen, weil ihnen Jehova gesagt hat, daß jedes Weib unrein ist, welches alle vier Wochen auf die Läufigkeit kommt.

Sie haben Samuelchen schön gekleidet. Und Bernhard hat sie über die Schwelle von Goldschmidts Haus getragen, was aber verkehrt war, denn der Bräutigam darf die Frau nicht vor der Trauung sehen. Wie bei den Türken, die ihren Weibern einen Topflappen vor die Nase hängen, damit keineiner sie betrachten kann!

Dann haben sie das noch einmal gemacht, wobei der alte Goldschmidt sein Samuelchen getragen hat. Madammchen hat ihr Reis über den Rücken gestreut, damit sie schnell in die Umstände kommen soll. Nun frage ich Dich: Hast Du schon einmal gehört, daß eine durch Reis in das Gewisse kommt? Soll Dein Bernhard doch mal probieren! Streut Dir ein Pfund Reis über die Schultern und Dein Bäuchlein wird dick. Da kann er sich manches ersparen, was aber schade ist, denn gerade das Anrichten macht so großen Spaß, nicht allein das Essen. Sagt auch unsere kalte Mamsell, welche aus Zwickau kommt und auch so riecht.

Unser Julius hat drauf bestanden, daß ich mit in die Schul' sollte, wo sie mich auf den Priechen bei den Frauen hinsetzten. Die haben aber die meiste Zeit gestanden und sich in den Hüften gewiegt, wie die Männer, die bei der ganzen Trauung geschaukelt haben, obwohl sie noch gar nichts getrunken hatten. Das Schaukeln gehört sich so, indem es fromm macht und Dich ablenkt, daß Du Dich nicht an den Beinen oder Füßen kleien mußt, wenn es Dich juckt. Mich juckt es in der Kirche öfters, was von der Hitze kommt, die sie hier in der Marienkirche mit ihrem alten Bollerofen machen. Sommers nicht so, aber im Februar war es ganz schlimm ... bei der großen Kälte. Da bin ich mir immerzu mit dem Handtaschenörkel in die Stiefeln rein und habe hinterher die großen Ritschen in der Haut wie beim Rotlauf gehabt.

Du mußt es mal ausprobieren zu schaukeln. Dann haben sie Samuelchen und Bernhard unter den Himmel gestellt, welcher sich Kuppe nennt, und der Rebbe, welchen sie gut kennen, da er sich immer Hammelfleisch bei ihnen holt, wenn sie einen Hammel gestochen haben, was der Schächter macht, damit kein Blut im Fleische bleibt. Sie wollen kein Blut im Fleische, weil es Moses ihnen gesagt hat. Deshalb essen sie auch kein Schwarzsauer und keine Blutwurst. Die von Mürger Cohrs, die ich aus Hamerstorf von meinem letzten Besuch mitgebracht habe, haben sie richtig beerdigt ... im Garten, ganz tief, mit viele Sprüch', daß ja kein Unheil über sie komme, weil die arme Blutwurst nicht koscher und so christlich gerochen hat. Nun frage ich Dich: Hast Du es schon jemals erlebt, daß eine Blutwurst beerdigt wird?

Dann haben sie, Samuelchen und Bernhard, Wein gekriegt. Ich glaube zwei Schoppen, wobei sie gesegnet worden sind. Dann sind sie immer um sich herumgegangen, die anderen hinterher und haben sich eins auf jüdischer Sprache gesungen, was sehr schön war und wie von Translatöhr* klingt.

Dann hat der Rebbe gesagt, daß Samuelchen Bernhards Weib sein soll. Und sie soll ihn man gut versorgen. Und er, er sollte nun ihr Mann sein und sie hochschätzen, was bei den Juden so Uses (Usus, Anm. des Herausgb.) ist. Da haben sie alle geweint. Ich auch.

Ich habe herausgefunden, daß das Jüdische ganz und gar zum Weinen macht. Es ist so traurig und so nervös, daß Du gar nicht mehr weißt, was Du tun sollst, wenn es über Dich kommt. Das Jüdische ist sehr schön an und für sich, aber es nutzt Dich sehr ab, indem Du immerzu ans Herz gegriffen wirst und den Verstand nicht mehr brauchst.

Julius hat mir gesagt, daß es von der ewigen Flucht kommt, die sie durch das rote Meer der Welt machen. Einer flieht vor dem anderen und hat keine Ruhe mehr, daß die Besinnung abhanden kommt und Du barfuß vor Deinem Schöpfer stehst, der Dich fragt, was Du für ihn getan hast. Und deswegen sind sie alle so traurig und weinen immerzu, wenn es feierlich wird. Ich kann das Jüdische schon gar nicht mehr vertragen und kriege die Frieseln, wenn ich es höre.

Später, nach dem Mahle, haben wir in Goldschmidts großer Kammer getanzt. Julliussen immer mit mir, egalweg Bummelschottschen, was sie hier einen Trott nennen. Er ist ein famoser Tänzer wie Krischan Düwel, den ich noch von dem letzten Bauenfest bei Euch kenne. Wenn wieder Bauenfest ist, komme ich zu Euch, daß ich mich mal richtig wieder ausjachtere.

Nun hab' ich mich in diesem langen Briefe auch richtig ausgejachtert, indem mir die Puste ausgeht und ich mich auf das Bette begebe, wo mir der Morpheus zulacht, von dem ich gerade bei Ida Boy-Ed gelesen, daß er ein Gott ist und über

* S. Translateur, Unterhaltungskomponist

einen kommt, wenn man abends den Kopf hängen läßt. Er kommt jetzt über mich, was aber nur ein Sinnbild ist, nicht direkt, sonst ließe ich ihn nicht kommen.

Grüße mir alle Lieben sehr herzlich und sei umarmt von Deinem Kuscheljulchen, jetzt ganz müde.

P.S. Der Klecks ist von der Müdigkeit, indem ich die Tinte nicht geachtet habe. Sie ist von Baruch Goldschmidt aus seinem Bureau, kostet deshalb nichts, auch wenn sie schlecht ist.

Suderburg, den 30. Juni 1905

Liebes Julchen!
Das mit der jüdischen Hochzeit habe ich nicht richtig verstanden. Du mußt es mir erzählen, wenn Du kommst. Das Kleine ist schon ganz munter und soll nach Dir benannt werden, wenn es ein Mädchen ist. Bernhard ist auch dafür. Er will natürlich einen Stammhalter.

Ich fasse mich kurz, weil ich etwas schlecht bei Atem bin. Alwine kommt jeden Tag und hilft mit, weil die Mägde kontrolliert sein müssen. Das ist ein Volk!!

Überlege Dir die Sache mit dem Herrn Julius gut. Du weißt, daß man schnell verliebt ist. Aber verliebt zu sein ist nicht alles. Besieh' Dir den Keller, wenn Du das Haus prüfst, damit die Stockwerke nicht einstürzen. Du weißt, wie gut ich es mit Dir meine. Deine Emma.

Harburg, den 1. Juli 1905

Geehrter Meister der Töne, freundlicher Herr von Hildach!
Ungeachtet meiner gegenwärtigen Wenigpäßlichkeit, die Ihnen Herr Julius Goldschmidt jederzeit bescheinigen kann, will ich Ihnen heute sehr innig für Ihre lieben Zeilen

danken, die Sie aber besser nicht geschrieben hätten, weil sie verheiratet sind und auf Ihre Frau achten müssen, welche eine wahre Zierde ist und so schön singt! Ich bin nicht diejenige, welche Sie auf solche Weise in Ihr Netz ziehen können. Sie wissen, daß ich auf Ihre Person gern herabsehe und Sie recht freundlich empfinde; aber mehr kann nicht sein. Dieses wollen Sie zu Ihrer eigenen Erkenntnis nehmen von Fräulein Julie Fédore Schrader, z. Zt. bei Herrn Fabricanten Bernhard Goldschmidt, Harburg, Am schwarzen Berge.

Frankfurt, den 8. Juli 1905

Jule...!
...komme ich mit dem Extrazuge am nächsten Sonntag in aller Frühe an. Sie müssen mich empfangen! Sie müssen... Es blutet mein Herz, es blu...
Ihr Eugen.

(Auf der Rückseite dieses Briefrestes zwei Gedichtverse Eugen Hildachs:)

Es braust der Wind und tost der Sturm,
Die Stimme meiner Seele!
Verdunkelt Sonne, Herz und Sinn...
Ich bange in der Höhle.

Lass' mich Dich seh'n, oh, sieh mich an!
Ich darbe, Du, mein Leben!
Verlass' mich nicht! Ich liebe Dich!
Ich will Dir alles geben!!!

Harburg, den 25. Juli 1905

Geehrter Freund!
Ich bin entzückt. Doch muß ich Ihnen mit gewissem Zorne sagen, daß Sie mir so nicht schreiben dürfen. Herr Julius lag mir über der Schulter, als ich Ihre Correspondence empfing. Er ist auch ganz böse, weil sein Herz mein ist ... und soll es ewig, ewig bleiben! Dieses Ihnen zur Gewißheit. Ihre Julie Fédore Schrader ...

Frankfurt, den 8. August 1905

Mein Engel!
Es war, wie ich es erträumte! Du, meine Muse, Du, mein Glück, Du, meine ganze schöne Welt! Ach, was erdulde ich, seitdem ich Deinen Armen wieder entflohen! Ich liebe Dich!! Denke nicht, Papier sei geduldig. Es ist die Wahrheit! Nichts als die Wahrheit über allem.

Wie aber soll ich Dich halten?

Du bist weit entfernt davon, in mir den Mann zu sehen, der Dich für ein Leben halten könnte. Und meine Anna? Ach, Julchen, es gibt zuviel Quisquilien ...

Sei mir gut! Vergiß mich nicht! Ich harre Dein in Ewigkeit! Eugen!

PS. Das beigefügte Manuskript für Dich! Bewahre es gut auf! Es kündet von einer unsterblichen Liebe!!!

Harburg, den 10. August 1905

Liebes Emmakindchen!
Nächste Woche komme ich. Hälst Du es noch bis dahin aus? Madammchen will mich leider nicht vorher entbehren. Du mußt aushalten. Scheuche den Storch noch ein wenig beiseite.

Es wimmelt von Dichtern und Compositöhrs, welche sich auf mich stürzen wie die Hornissen auf das arme Bienchen. Der Eugen schreibt jede Woche. Und bald kann ich mit seinen Noten das Zimmer tapezieren. Julius raubt sie mir und spielt sie am Klavier und singt sie, daß alles lacht. Madammchen sagt, daß ich schön eine wäre. Ich sage ihr das Gegenteil. Was kann ich dazu, daß mich der liebe Gott so schön gemacht hat?

Ich will sehen, daß ich woanders unterkomme. Ich mag es nicht mehr leiden, daß sie mich so schikanieren. Wenn nur nicht der gute Julius wäre! Ich brauche ihn. Brot schmeckt nicht ohne Butter. Das ist es.

Jetzt muß ich schließen, weil wir morgen ganz hohen Besuch haben: Wegen der neuen Fabrik. Es ist der Herr Baron von Bleichröder, Berlin, den wir empfangen. Es gibt ungarische Suppe, Huhnbrust, Pastete, Störfisch, Bergedorfer Smuttaal und französischen Schuß (Sekt oder Champagner, Anm. des Herausgb.). Da wird es ein großes Spektakel sein. Madammchen hat extra zwei neue Kledaschen, eins in gelb, eins in bleue. Und alles wegen dem Herrn Baron!

Ich muß auch zwei Kledaschen anziehen. Empfang in grün, Essen in bleue. Sie sind ganz penibel wegen dem Herrn Baron, weil er ihr ganzes Geld verwalten soll, was sehr viel ist. Frau Boy-Ed ist auch hier und soll den Baron anreden, weil es keiner von ihnen richtig kann. Abends kommt Herr Muck und Dichter Dehmel, indem sie dem Herrn Baron was Gescheutes an Männern aufzeigen wollen. Madammchen ist seit heute Morgen ganz gebildet. Sie spricht nur noch von oben herab und ihr schiefes Französisch, was wie ein verrücktes Allgebra klingt. So, nun genug!

Quäle Dich nicht zu sehr! Ich bete für Dich und das Kindchen. Dein Julchen.

(Abgesehen von dem Briefwechsel mit Leo Fall, der im nächsten Kapitel gesondert dargestellt werden soll, hat sich keine »Correspondence« Julchens aus ihrer Harburger Zeit mehr angefunden. In den dreißiger Jahren schrieb sie zwei Briefe an Frau Viola Barrett-Hampton, in denen sie sich mit dem Schicksal Julius Goldschmidts auseinandersetzte:)

Oelerse, den 7. September 1935

Meine geliebte Viola!
Leider komme ich erst heute dazu, Dir für Deinen langen Brief zu danken, der kontrolliert wurde und eine Klebemarke hatte. Aber es ist wohl alles dringeblieben. Hermann läßt bestens grüßen.

Mit meiner Gesundheit ist es denkbar schlecht bestellt: Kein Schlaf, zuviel Gedanken, zuviel Öde, zuviel Leiden...

Man kann jetzt nicht allzu viel schreiben. Julius G. ist mit seiner ganzen Familie in größter Unsicherheit. Die Fabrik ist verkauft. Sie sind in Berlin. Er hat vor ein paar Tagen geschrieben und ist ganz verzweifelt. Man kann nur noch größte Ängste haben. Vetter Seligmann ist auch fort. Wohin, weiß niemand. Es ist schlimm. Ich werde von allen verlassen! Emma kränkelt sehr. Blutkrankheit!

Julius fällt unter die neuen Verordnungen. Er kriegt keine Arbeit und hat sechs Jungen zu ernähren, welche alle bisher studiert haben. Die Kalischers helfen, sind aber selbst von Tag zu Tag ängstlicher.

Schreibe mir bald einmal wieder. Mein Junge ist meine ganze Freude. Das Gemalte beigefügt ist von ihm. Sei mir gegrüßt und gekost. Deine alte Tante Julie nebst Familie.

Oelerse, den 30. Juli 1938

Meine liebe Viola!
Das Licht erlosch! Emmas Tod ist für mich das Schlimmste. Nun sterbe auch ich hinweg, langsam, qualvoll. Ich muß zur Ruhe! Julius ist mit seiner ganzen Familie nach Österreich. Was soll er dort? Es ist eine schamlose, verrottete Welt! Ade! Ade, Ihr Lieben! Ich sage nichts ... nichts mehr. Julchen.

Leo Fall

13. Februar 1905

Herrn Karl Schrader
Hannover-Limmer

Liebster Karl!
Im Augenblicke bin ich zwar von größtem Effecte, will Dir aber doch auf Deinen Geehrten vom letzten Freitag schnell antworten, daß Du nicht denkst, ich habe keine Manühren und bin auf Plebbs (plebs, Anm. des Herausgb.) wie Anna und Dora. Wir sind jetzt total voll und lassen schon im Empfangssalong schlafen, was nicht schön ist, aber geht.

Morgen kommen Falls, die ich ja schon von Hamburg her kenne. Die alte Berta ist eine richtige Ziege. Sie frißt kein Gras, aber sie meckert immer vonwegen ihrem Leo. Du hast von ihm gehört, denn er ist ein Beethoven unter den Walzermachern und versteht sich auf türkische Rosen.

Zuerst fällt bei ihm eine gewaltige, lichtumrankte Kahlheit auf seinem Künstlerhaupte auf. Diese ist umziert von einem linden Gewühl noblen Haares, welches die Art hat, sich in alle Windrichtungen zu kräuseln. Es ist dieses aber kein gewöhnliches Kräuseln wie bei den Tagelöhnern und Bauern, sondern ein gewisses, welches auch bei Königen, Kaisern und Bürgermeistern der Fall ist. Von dem gewissen Kräuseln aus geht ein mildes, inniges Gesicht ab, welches eine breite, aber doch männliche und felsige Nase sein eigen nennt.

Der Mund Leos ist von edler Würzung und zum Kusse mit

gewählter Fertigkeit angeschafft, welches man Natura nur zu gern bestätigen kann. Über demselben schwebt ein entzückender, kleiner, wohlgesalbter Kitzelbart, welcher eine große Zierde an und für sich ist. Corpus ist in gutem Zustand, was davon kommt, daß dem Magen unseres Schenies allerhand Gutes zugeführt wird, nämlich die Kaviars, französischer Schuß (Champagner, Anm. des Herausgb.), Aal satt, Rauchfleisch und Würste jeglicher Sorte. Corpus war letztmals in einem hellgelben Anzug von herrlichster Figur, zu der eine Frau von guter Gesinnung recht gerne Leo sagt.

Du siehst, mein liebster Karl, daß wir hier erste Herrschaft haben und von Tag zu Tag mehr davon vorfinden. Die Falls bleiben auf sieben Wochen, was eine gute Idee von unserem Herrn Baruch Goldschmidt ist, denn nun haben wir die sieben fetten Wochen, denn wo der Leo ist, ist der Himmel!

Indem ich Dir dieses für Deine Neugier mitgeteilt habe, befriedige ich Dich für heute mit einem geneigten Kusse. Deine Jule.

Suderburg, den 19. Februar 1905

Mein liebes Schwesterlein!
Das Gedicht war sehr, sehr schön und reimt sich ordentlich! Aber kannst Du so was denn Deiner Herrschaft und dem Leo so ohne weiteres vortragen? Ich würde mich zu Tode genieren. Aber bei Euch in der Stadt ist das wohl alles ganz anders. Ich bin heute sehr in Eile, weil die Berliner kommen. Und Du weißt ja, daß die Berliner Emma so etepetete ist. Da muß ich alles noch mal schnell überholen: Also: Habe Dank und halte Dich gerade! Deine Dich liebende Schwester Emma.

Das Gedicht:

Die Siegespalme

Oh, meine Siegespalme in der Kunst,
Mein Walzermacher, Du mein Gott!
Ach, flieh' mit mir der Erde Dunst
Und irdisch neidischen Commplot!

Willst Du mich lieben, holder Bube?
Wenn »ja«, so sag' es mir recht bald.
Es gibt gewiß die rechte Stube . . .
Bedenke: Einstens bin ich müd' und alt!

Jetzt ist die Zeit der ersten Rosen,
Die Zeit der Knospen im April.
Die Zeit zum Küssen und zum Kosen . . .
Sag' schnell, mein Freund: »Ich will, ich will . . .!«

Bist Du bereit, mich hinzuführen,
Wo sich die Seele liebend beugt?
Womit kann ich Dich annimieren . . .
Was hab' ich, das von Liebe zeugt?

Du findest es, mein Heilsgenosse,
Du suchst es in der Liebesnacht!
So wie der Karpfen seine Flosse
Preßt an die Kärpfin lind und sacht.

Mein Leo, wenn Du dieses achtest,
Wirst bald Du wieder friedlich sein.
Ein jeder Herr, der fast verschmachtet,
Fand sich bei mir zum Frieden ein.

Ich will Dich laben, kosen, herzen!
Du sollst mich necken, küssen, frein ...!
Ich nehme Dir die Männerschmerzen
Und mach' Dich von den Drängen rein.

Ja, ja, ich weiß, Du willst das Wunder!
Du hast es gestern mir gesagt.
Wirf hin den ganzen Alltagsplunder ...
Noch bist Du gar nicht sehr betagt!

25. Februar 1905

Fräulein Julie Fédore Schrader
z. Zt. bei Herrn Karl Schrader, Directeur
Hannover-Limmer

Mein Stern!
Gram bin ich Dir, für drei Tage mich zu verlassen. Und auf Deinem Tische, was finde ich? Ich finde ein Gedicht für den Leo. Du triefst von Liebe zu ihm. Du bist mit mir durch?!? Bist Du mit mir durch? Ich zittere! Komme schnell zurück, daß ich Dir die Wahrheit meines Herzens sage. Komme! In diesem Sinne Dein Julius Goldschmidt.

28. Februar 1905

Liebstes Emmakindchen!
Sie sind alle verrückt hier wegen Leo. Was soll ich da machen? Er geht auf mich zu wie der Favorollohahn auf die Henne. Er macht es vor den Augen von Madammchen und seine Berta weint sich die Glupschaugen aus.

Es ist zum Verzweifeln!

Kannst Du mir die gelben Spitzenhandschuhe von Plaut aus Uelzen kaufen, die auf dem linken Trehsen gelegen sind? Ich mache Dir es wieder gut. Ich glaube, daß sie Leo gefallen werden, indem er schon mehrfach gesagt hat, daß meine Hände ganz und gar für das Piano sind. Ich beeile mich, Dir meinen Wunsch mitzuteilen. Deine Julie.

30. September 1905
Gegeben zu Wien, Hotel Sacher

Geehrtes Fräulein, meine Liebe!
... [ ] ... Es sind einige Wochen übers Land geflohen, ohne daß es mir vergönnt war, Sie zu sehen, beziehungsweise von Ihrem Ergehen zu hören. Sie haben meine Adresse in Berlin nicht wahrgenommen. Warum nicht? Ich dachte, daß ich Ihnen ein klein wenig gefallen würde. Wir Mannsleute sind mit dem Denken in solchen Dingen sehr schnell zur Hand.

Jetzt weile ich in Wien, um ein neues Opus von mir unter Dach und Fach zu bringen. Drücken Sie mir die Daumen, daß es so vonstatten geht, wie ich es mir wünsche. Und bitte: Erfüllen Sie Ihr versprechen und geben Sie mir nun eine Antwort an die obige Anschrift. Bitte! Ich küsse Ihnen Ihr entzückendes Händchen und umarme Sie in Gedanken. Ihr untertänigster Diener Leo F.*

28. Oktober 1905
Praha

Lieber Leo!
Gestern erhielt ich einen langen Brief von Berta. Ich hoffe nicht, daß der Inhalt stimmt. Sie übertreibt. Oder? Was ist

* Die Briefe Leo Falls sind sämtlichst gekürzt. Es wurden ihnen lediglich die Teile entnommen, die sich direkt auf Julchen beziehen.

mit dieser Schlunze von Hamburg? Steckst Du die Nase in Ihren Euter, Du Schammes?

Ich komme nächster Woche herüber und treibe Dir diese Jule aus! Dein Siggi.

(Siegfried Fall, ein Bruder Leos, Schlagerkomponist)

1. Dezember 1905

Meine Bezaubernde!

... [ ] ... Mit Herzklopfen habe ich Deinen süßen Brief von vor zwei Wochen geöffnet. Welch ein Parfum, das mir daraus entgegenströmte! Ich kann es immer noch nicht fassen, daß ich nun »gewonnen« haben soll, wie Du schreibst.

Ich stecke sehr in Arbeit, aber nichts hält mich davon ab, in der nächsten Woche nach Hamburg zu fahren. Ich halte mich genau an Deine Ankündigungen. Du Gute, Du Liebe, Du Feine! Ich sehe in Deine Augen ... in den Himmel, den Du mir versprichst! Dein überaus glücklicher L.!

13. Jänner 1906

Du kleine, süße Hexe!

... [ ] ... Ich pariere! Die Depesche geht ab. Hunderttausend heiße Küsse von Deinem Leomännchen.

Mannheim, den 17. Mai 1906

Mein kleiner, süßer Fratz!

... [ ] ... Mit meinem ›Fidelen Bauern‹ geht es gut voran. Hier lauert der Erfolg! Ach, wärest Du bei mir! Es ginge alles noch mal so gut. Behalte mich gut, mein Lieb! Ich küsse Dich in Gedanken. Dein L.

Mannheim, den 28. Mai 1906

Göttliche!
... [] ... Habe alles bestens erhalten. Was steckt in diesen Strophen: ein ganzer Kosmos! Ich umarme Dich und denke an den August, wenn wir uns wieder in den Armen liegen. Mein Herz, Du!!! Dein Dich liebender Leo.

Hannover, den 6. Juni 1906

Liebes Emmakindchen!
Du warst so nett und hast mir die Plisséebluse nachgeschickt. Habe innigen Dank, mein Kind! Grummuttés Heuschnupfen wird schon wieder abnehmen. Sie soll Nießwurz trinken.

Kriegte einen herzigen Brief von Leo F., aber ich habe geweint, weil er sagt, daß ich nichts als Kosmos bin. Das mir! Er kann Kürbisse auf seinen Kosmos pflanzen, aber nicht mich! Und das Gedicht war so schön! Ich bin traurig. Dein Julchen.

Das Gedicht:

Es saust mir vor den Augen
Seit zwanzig Tagen, ach!
Wozu soll ich noch taugen?
Es wackeln Fuß und Dach.

Es braust mir in den Ohren ...
Seit zwanzig Tagen, ach!
Wär' ich doch nie geboren,
Ich kennte nicht den Krach.

Es dröhnt mir in dem Herzen
Seit zwanzig Tagen, ach!
Ich habe Liebesschmerzen
Und werde schon ganz flach.

Es juckt mir in den Füßen
Seit zwanzig Tagen, ach!
Ich muß die Liebe büßen,
Mir bringt das Glück nur Schmach!

Es zuckt mir im Gemüte,
Seit zwanzig Tagen, ach!
Oh Welt, Du Zuchthaustüte . . .!
Ich rinn' dahin wie Bach!

Hannover, den 12. Dezember 1906

Geliebter, untertänigster Meister und Freund!
Im Anblick des mir so köstlich Überreichten knie ich hin in Demut und frage mein Herz: Wie kommt es? Du bist die Verwöhnung in Person. Frau Baronin hat auch gesagt, weil sie es doch gesehen hat, als Johann es hereintrug, daß es eine Zierde ist, wenn ein junges Fräulein so überschwemmt wird.

Sie kennt aber nicht die Adresse und weiß nicht, wer Antonius Mandelherz ist. Ein schöner Name für Dich, mein Leo! Aber Dein eigentlicher Name ist Küschibringer, denn Du bringst die süßesten und herzlichsten Küschis, die es gibt! (Küschi = Küßchen, Anm. des Herausgb.) Daß Du Berta auch immer noch welche geben mußt, finde ich gar nicht gut, aber sie ist Dir ja angetraut und Du kannst sie nicht wegwerfen wie ein Stück Butterbrot, das man nicht mehr will, weil die Rinden zu hart sind. Es ist eine Plage, wenn ich das alles so bedenke. Ich bedenke es viel zu viel und bin deswegen schon ganz marode in den Knochen. Mein Herz ist auch wie Suppe und Pudding! Ich finde, daß es Zeit wirst, daß Du die Suppe wieder dickmachst. Du weißt ja, wie Du das kannst, Du Könner!

Dein Rührlöffel taugt doch für meinen Suppentopf am besten. Und wenn Du kochst, mein Junge, dann rühre nur kräftig, denn meine Suppe kann es gut vertragen! Ach, jetzt ist mir gerade nach Deinem freundlichen Rührlöffel! Was er wohl macht? Für welche Suppe wird er heute Nacht gebraucht? Ach, Leo ...! Komme und tröste mich, Dein Zuckerjulchen.

Hannover, den ... (?)

Leomännchen!
Was ist's, das Dir so ankommt? Die Liebesmilben! Sie stechen Dich! Jucke nur zurück, am besten aber, wenn ich dabei bin ...

Hannover, den 7. Juli 1907

Mein liebes Emmakindchen!
Willy war hier und ich muß sagen, daß ich ganz erschrocken bin, daß er für die Sozialdemokraten in Berlin arbeiten will. Er wird uns unter die Räder kommen! Lieber wäre mir, wenn er katholisch ist! Das ist nicht so schlimm! Aber bei den Sozialdemokraten ...! Ich könnte mir die Augen ausweinen. Und das ist unser Bruder! Dieser Ebert aus Bremen hat ihm den Kopf verdreht.

Im Augenblicke geht alls schief. Leo hat einen so merkwürdigen Brief geschrieben. Ich weiß nicht. Berta möchte ihm obsiegen.

Dieses für heute, weil wir jetzt Jour haben und ich mich auf meine Bildung besinnen muß. Dein Schwesterlein Julie.

(Nach der erfolgreichen Uraufführung des »Fidelen Bauern« im Stadttheater von Mannheim – 1907 – fand offenbar die Aussöhnung zwischen Berta und Leo Fall statt. Julchen wurde fortan als »Freundin im Geiste« und »liebe Genossin« apostrophiert. Der Bruch mit Leomännchen entlockte ihr eine Trauer-»Ode«:)

Mich hat ein Tod gepackt, verwittert,
Mich tief ins Lebensgrab gebeugt.
Wie habe ich am Leib gezittert,
Als Du, mein Leo, mir entfleugt!

Da bin ich still in meine Kammer
Hineingewankt und hab' geweint.
Es stieg mir auf der ganze Jammer...!
Mein Bett...! Und dies sah uns vereint!

Ich hab' geschluchzt viel Tausend Tränen.
Sie sprangen aus den Augen mir.
Ach, Leo, Du warst all mein Sehnen...!
Jetzt ist sie zu die Liebestür.

Wer soll mir jetzt das Messer wetzen,
Wer gibt mir jetzt den Seelentrost?
Du nahmst erneut sie nach Gesetzen.
Was hat denn dies bloß ausgelost?

Hat Dich mein Schemisett gestöret,
Das ich mir über Corpus hing?
Du warst davon doch so betöret
Und streicheltest das kleine Ding!

Und auch das hübsche Strumpfbandmieder...,
Wie sehr stach es ins Auge Dir!
Jetzt siehst dasselbe Du nie wieder...!
Steht Berta auch so in Geschirr?

Ich hab' Dir alles aufgeopfert,
Was ich für Dich complett gebar.
Du hast den Rücken mir beklopfert
Und zart geziept das schwarze Haar ...

Vorüber ist, was Mai uns machte!
Vorüber ist, was Lieb' erkor ...!
Wenn unter uns die Bettstatt krachte ...
Noch habe ich den Klang im Ohr!

Es war sehr schön, das muß ich sagen.
Du hast mich ständig komponiert.
Du warst in allen Liebesfragen
Ein Meister, der sich nie geniert.

Jetzt bin allein ich: Selbstverselbung!
Es hilft mir keiner in der Not.
Ach, Leo, Deines Bauches Wölbung ...
Vergeß ich nie ... bis in den Tod!

Und Deine Hände, treuer Meister,
Geleiten mich zur and'ren Welt.
Geht jetzt Dein Julchen auch koppheister:
Was man ihr zahlt, ist Wechselgeld.

Du heil'ger Geist, Du warst mein Fall!
Ach, Leo, komm' zurücke!
Und hol' das Zicklein aus dem Stall,
Damit es mich beglücke!

Wien, den 10. November 1911

Teure, liebe Freundin!
... [] ... Für das üppige Präsent bedanken wir uns aufs Herzlichste! Das war doch nicht nötig! Aber wir revanchie-

ren uns. Berta stickt gerade eine wunderschöne Decke für Dich. Sie soll Dich zu Weihnachten erfreuen. Möglich, daß sie etwas später eintrifft, aber dann nicht böse sein. Sie hat soviel um die Ohren!

Wie geht es Dir ansonsten? Hoffentlich zufriedenstellend, liebe Genossin!

Du solltest einmal nach Wien kommen ... oder nach Berlin! In der Tat! Fändest Du dann zu uns, es würde uns mächtig erfreuen.

In diesem Sinne und alles Gute Deine Berta und Leo Fall.

Berlin, den 25. März 1912

Liebes Emmakindchen!
Von Emma und Paul soll ich Dir schönste Grüße ausrichten. Sie sind jetzt ganz in Ehe und verstehen sich famos, was man an ihrer Fassong an und für sich sieht.

Letzte Woche waren Falls da. Er ist sehr aufgegangen und wiegt jetzt bestimmt soviel wie ein gutes Läuferschwein. Sie ist auch mächtig in Brust und Peau-Peau, was zu ihm paßt, daß sie nun aussehen wie Pott und Deckel. Ich glaube nicht, daß ich zu ihm gepaßt hätte, denn meine Figura höret nimmer auf!

Ja, so ändern sich die Zeiten! Man kann Kaisers jetzt öfters vorbeifahren sehen. Willy sehe ich selten, weil er mit der Partei verheiratet ist. Sein Freund Ebert spricht jetzt überall und im Reichstag, weil er gewählt worden ist. Ich kann Willy nicht verstehen! Er soll sich lieber mit dem Adel abgeben, aber der ist auch nicht ohne hier zu Berlin. Wie der Kronprinz, der eine in der Wuhlheide sitzen hat, wo er mit ihr Menkenken macht. Das ist das Gewisse auf Berlinerisch. Ich schließe jetzt. Adieu! Julchen.

6. 1. 1926 (Postkarte, abgestempelt in Hannover)

Meine liebe Emma!
Es ist schrecklich, daß der liebe Leo jetzt mit Tod von der Welt abgegangen ist. Und alles wegen Amerika, wie sie in den Zeitungen schreiben! Bleibe im Lande und ernähre Dich redlich. Ich habe um ihn geweint. Aber jetzt scheint schon wieder die Sonne. Dein Julchen.

Über Opern und Theaterstücke

Wien, den 10ten Oktober 19... (?)

Mein geliebtes Emmakindchen!
Gestern waren wir schon wieder auf Oper, und die Frau Hofopernsängerin Mildenburg ist vor uns in der Reihe gesessen und hat sich zu den Takten eins gewippt, daß Dir schon ganz schlecht davon geworden wäre. Diese Damen und Herren aus dem Operninstitute wippen und tratschen egalweg. Es gehört wohl zu ihrer Art, daß sie den Kwick (Quick? Anm. des Herausg.) im Hintern haben und nicht stille dasitzen können.

Wir waren auf »Königin von Saba«, von einem, der Goldmark heißt. Ich möchte nicht wie das lüderliche Geld heißen, Goldmark, Pfennig, Zehnmark, Taler oder Groschen! So eine Dummheit, daß es solche Namen gibt. Aber Lehrer Piening hat auch immer schon gesagt, daß die Namen in der Welt großer Unsinn sind und es besser wäre, wenn man eine Nummer hätte und auf dem Hintern wie das Schwein miß einem Zeichen eingebrannt, daß man weiß, wo man hingehört.

Es ist eine verflixt lange Oper und sie hat einen sehr, sehr traurigen Schluß, daß alle haben schrecklich weinen müssen und die Frau von Mildenburg durch und durch naß gewesen ist, weil sie geschluchzt hat und die Nase in ein weißes Tuch gewühlt, weil ihr der Schnotter vor Blahen und Gekwake nur so aus den Löchern gedrungen. Da kannst Du mal sehen, was die Kunst an sich alles vermag! Die nicht davon wissen, brauchen kein weißes Tuch und haben keinen Schnotter, der ihnen rauskommt. Die aber davon wissen, braten sich was im Hirn zusammen, daß es immerzu läuft. Wie die Mildenburg!

Ich habe auch geweint und die Tränen nicht halten können. Und neben mir ist eine alte Dame gesessen, die noch mehr geweint hat, daß schon ihr ganzer Deekollertee war ein einziger See von Tränen und Rotz. Nein, warum schreibt dieser Herr Goldmark so was Trauriges?

Schmedes (Tenor der Hofoper, Anm. des Herausgb.) war von schöner, ranker Figura, aber sehr rauher Stimme, was mir auch einige Leute gesagt haben, daß er jetzt sehr rauh ist und nicht auf sich sieht, daß er abends zu lange in den Straßen herumjachtert und sich nasse Füße holt, bis sie ihm im Halse kratzen. Das ist nicht gut. Nicht für einen allgemeinen und gewöhnlichen Menschen und erst recht nicht für die, welche auf das Singen an und für sich aus sind.

Nach einem Stück, wo er ganz alleine gesungen hat und was sehr lang war, daß sie hier Arie nennen – warum, weiß ich nicht, aber es ist vieles hier auf Ausländisch, was mit der Kunst zu tun hat –, haben sie laut geschrien und sich die Hände warm geklatscht. Und da hat er alles wiederholt, daß ich schon gedacht habe, sie werden die Nacht nicht mehr fertig. Wenn sie schreien, wiederholen die Sänger alles. Wenn sie nicht schreien, gehen sie nach hinten, wo die Kuhlissen sind und brabbeln mit den Leuten, die ihnen da hinten die frischen Hemden anziehen, wenn sie durch sind.

Dann haben sie nochmals stark geschrien, bis daß er nochmals gekommen ist. Er ist gleich ganz nach vorn, wo es in die Tiefe geht und die Kapelle sitzt. Er hat mit der Zunge um sich geschleckt, ein deutliches Zeichen gegeben und es ist noch einmal erklungen, daß ich es nun schon auswendig kann. Wenn ich Dich bald sehe, singe ich es Dir vor. Aber nicht alles, sonst wirst Du marode davon.

Und dann sind sie schier heiser gewesen von dem Gerufe und haben es nochmals von ihm gewollt. Er aber hat sich an die Gurgel gefaßt und zurückgeschrieen, daß er nicht mehr kann. Da sind sie ruhig geworden und die Frau von Mildenburg hat geschnorchelt und geröchelt und sich an die Tittis gekleit und geseufzt: ›Ich vergehe . . .!‹ Sie ist aber nicht vergangen und noch immer dagesessen und hat geweint und geschnieft wie ein Orsledder! (Plattdeutsche Bezeichnung: etwa Grund-Leder oder Arsch-Leder! Anm. des Herausgb.)

Bis zuletzt die Königstochter in der Oper gekommen ist und hat sich an Schmedes gekuschelt. Er hat aber von ihr zuerst keine Notitz genommen, was ich nicht schön finde, denn sie hat ihn gerettet. Aber da mach' einer was! Wenn die Männer nicht wollen, dann wollen sie nicht! Infamigte Bande!

Frau von Mildenburg hat immer noch geseufzt und sich ausgelassen. Sie hat sich umgedreht und gesagt, daß ihm eine Gottheit das Traurige eingegeben haben muß. Da ist mir die Medizin eingefallen, die der Doktor zu Hannover meiner verblichenen Frau Baronin eingegeben hat und wovon sie die Papageienkrankheit gekriegt hat. Und da habe ich mir gedacht, wie es aussieht, wenn auch die Frau von Mildenburg die Papageienkrankheit hat: rot und grün und lila und schwarz im Gesicht und das Zittern in den Händen, das Jucken unter den Füßen und da, wo man es nicht nennen kann, wo es aber ganz und gar scheußlich ist!

Ich glaube nicht, daß es eine Gottheit war, sondern die große Empfindlichkeit und der Erdenjammer, die es Goldmark hat befohlen, so eine Jammermusik zu machen.

Sei froh, daß Du dieses Gezeter nicht hörst! Wenn Du mal auf die Oper gehst, gehe nicht in die Saba-Königin, weil das keine richtige Kunst ist, sondern Abfall, auch wenn die Frau von Mildenburg das anders gesagt hat. Sie ist zwar eine Zierde im Operninstitut, hat aber den Hintern auch nur in zwei Hälften. Dieses wollte Dir mitgeteilt haben, Emma, Deine Schwester, zur Zeit Wien, Pension Imposanto (Die Pension heißt so, ist aber nichts Unanständiges!)

PS. Wenn Du schreibst, schreibe auf die Pension, Grinzinger Allee 21.

Hannover, den 19. Dezember 1907

Mein lieber Bruder Willy!
Daß Du Weihnachten Schnuckenbraten willst, ist eine gute Sache! Grummuttée soll ihn mit viel Sahne machen und schön krüsch, daß man die Kruste abziehen kann und sie extra nimmt.

Ich freue mich, daß ich Dich sehe. Aber rede nicht soviel von den Sozialdemokraten, sonst sperrt Schandarm Burgdorf Dich noch ein in Suderburg und Du mußt in Heitschens Stall über die Festtage!

Wir sind heute ganz fein auf Oper und haben »Rigoletto«, was ich schon kenne. Aber manchmal kann man zweimal hintereinander, auch dreimal. Hofschauspieler Barnay kann viermal hintereinander und wird gar nicht müde dabei. Sagt er. Je öfter, sagt er, desto besser. Und man prägt sich alles viel besser dabei ein. In der Wiederholung zeiget sich erst der Meister! Nun geh' ich zum zweiten Male auf »Rigoletto«, was Du wohl noch nicht kennst. Es ist ein Stück von größter Traurigkeit, indem ein schönes Fräulein, was die Tochter von einem Buckligen ist, in einen gemeinen Sack genäht wird und dann noch singen muß! Es ist eine große Kunst, in einem Sack zu singen, worüber ich auch noch meinen Nachbarn befragt habe, welcher den »Rigoletto« auch schon des öfteren genossen hat und sagt, daß man ganz schwer in einem Sack singen kann.

Ich denke mir auch: Da hat einer einen großen, ziemlich großen Sack und zeigt ihn vorher dem Publikumme, daß auch jeder sieht, wie groß er ist. Und dann kommt sie rein und wird abgebunden. Sie kriegt keine Luft mehr. Denkst Du! Aber sie kriegt Luft und fängt an zu singen, obwohl der Sack sie zudrückt. Aber er ist ja groß genug und hat sicherlich Luft auf der Rückseite. Obwohl ich letztes Mal keinen Sack nicht gesehen habe, der Luft auf der Rückseite hatte. Wie sie das machen, weiß ich nicht, aber auf dem Theater ist vieles möglich, was wir gewöhnlichen Sterblichen nicht wissen. Wenn Herr Hofschauspieler Barnay das nächste Mal kommt, frage ich ihn genau und dann sage ich es Dir.

Dieser Rigoletto hat es faustdick hinter den Ohren und es schadet ihm gar nichts, wenn seine Tochter so gemein behandelt wird, weil er ein Kuppler ist und dem Herrn Herzog die keuschen Fräuleins durch die Hintertür zuführt, daß er sie öffnen kann, was ganz gefährlich quietscht, denn die Theatertüren sind alle so gemacht, daß man genau hört, wenn eine Türe aufgemacht wird. Es ist ein ganz schäbiges Geschäft. Es wundert mich, daß sie so etwas in der Oper machen.

Nachher machen sie noch den Bankrott von Herrn Kalischer in der Oper. Mich soll's nicht wundern!

So, nun weißt Du alles über dieses Getue in der Oper, wo wir nachher sind. Behüt' Dich Gott und sei schön brav! Dieses verlangt von Herzen Deine Schwester Julie ...

(Frau Barrett-Hampton hat diesem Brief ein »Rigoletto«-Gedicht Julchens beigefügt, das sicherlich in jenen Tagen entstand, da sie den obigen Brief an ihren Bruder Willy schrieb.)

Jetzt haben sie die Tochter
In einen Sack genäht!
Sie singt nach ihrem Vater,
Was man nicht gleich versteht.

Der Vater wetzt das Messer
Und schält die Tochter raus.
Jetzt sieht er schlimmen Meuchel,
Fast fliehet er vor Graus.

Du armer Rigoletto,
Was ist das für ein Bild!
Trink' erst mal einen Kaffee,
Dann ist das Leid gestillt.

Es war zwar deine Tochter,
Doch war sie ziemlich drall,
Sie war, was wir jetzt wissen,
Des Herzogs schönster Fall.

Das Ganze ist ja Oper
Und nicht die Wirklichkeit.
Im Leben, Rigoletto,
Da kommt man so nicht weit!

Da muß man ehrlich schaffen
Und zielen nach Gewinn.
Ich danke Dir, mein Heiland,
Daß ich wie er nicht bin.

Berlin, den 17. Februar 1908

Herrn Hofschauspieler Barnay
zu Hannover
Königsstraße

Hochwohlgeborener, Freundlicher!
Sie hatten die große Güte, mich vor einiger Zeit bei der Frau Baronin von der Schulenburg auf die Weisung zu bringen, verkehrt in die Welt gesetzt zu sein, indem ich zum Theatro hätte müssen. Dieses, Geehrter, war für mich ein dringender Fall von kräftiger Überlegung, indem ich mit meinem jetzigen Stand überhaupt nicht zufrieden bin, obwohl ich angesehen und in einem Tun ohne jedwede Behinderung.

Meine Sprache ist von direkter Geübtheit, aber doch nicht

so gediegen, daß ich der Bühne meine lebhaften Dienste anbieten kann. Dieses ist auch nicht der Grund, warum ich die Feder ergreife und mich an Sie bescheide. Sie sind eine wahre Gnade auf dieser Theaterwelt und die Frau Baronin, selig, hat mir immer gesagt, was man alles auf Sie bauen kann. Auch der Herr Berliner ist sehr auf Sie aus und weiß, daß Sie ein Kaiser des Theatro sind.

Ich bin nun mit mir in Übereinkunft geraten, daß ich mich auf die Dichtung von Bühnenwerken bestellen will. Ich habe in vielen edlen Nächten das beigefügte Stück erfunden. Nehmen Sie es an Ihr weites Herz und lassen Sie es, Teuerster, Ihr eigen sein. Dieses gibt Ihnen in aller Hingabe und Verehrung Ihre Julie Schrader, z. Zt. Berlin, poste restante.

(Julchens Stück ist verlorengegangen. In ihrem Nachlaß fand sich jedoch eine Szene: ein Zwiegespräch zwischen einem Fräulein Genoveva und einem gewissen Adelkurt. Möglich, daß diese Szene aus dem Opus stammt, das sie an Ludwig Barnay sandte. Das Volksstück von »Genoveva und der weißen Hirschkuh« hat Julchen allzeit bewegt. Sie könnte den Versuch unternommen haben, eine Nachdichtung zu wagen.)

Die Szene:

GENOVEVA: Entsetzlich! Adelkurt ist mir entflohen? Wohin der Traute? Ich sehe ihn nicht! Wer sieht ihn? Es fährt mir die Ohnmacht zum Halse, mein Herz zerspringt. Es klopft wild und will hinaus ins feindliche Leben. Adelkurt ...!

ADELKURT: (Es kommt keine Vermeldung von ihm, bloß ein freundliches Echo)

GENOVEVA: Hast Du mich verlassen, Geliebter?

ADELKURT: (Echo! Sonst nichts)

GENOVEVA: Adelkurt...! Adelkurt...!

ADELKURT: (Echo. Sonst nichts)

GENOVEVA: Nun nehme ich denn das Gift, das mir meine sterbende Mutter gab. Wo berge ich's? Hier berge ich's in Mütterleins Täschchen, das mir als Erbe ward.

ADELKURT: (hinter einem großen, schönen Baume:) Vevchen! Mein Vevchen!

GENOVEVA: Hast Du mich aber erschrocken! Welch ein Gott hat Dich mir zurückgegeben? Du bist es von fleischlicher Natur, mein Adelkurt? Es ist Deine Hand, Deine Finger! Oh, mein Gott, wieder fühle ich Deine Finger!

ADELKURT: Vevchen!

GENOVEVA: Wo stecktest Du? Hast Du am Rheines Ufer den Sonnenschein genascht?

ADELKURT: So ist es, mein Vevchen! Ich trank die Sonne und ich bin so satt. So satt!

GENOVEVA: Wie bin ich froh, daß es die Sonne war, die Dich sättigte! Ich dachte schon, es wäre die Alwine, die Dir schöne Augen macht! Oh, dieses schnöde Weib, ich könnte ihr...!

ADELKURT: Lass' ab, mein Vevchen! Ich bin ja da! Und meine Arme schlingen nun Dich um. Alwine aber soll verrecken in der Hölle. Das Jüngste Gericht wird ihrer warten! Hah! Da soll sie jammern, heulen, zetern und auch braten!

Hannover, den 2. Juli 1908

Dr. Ludwig Barnay
Königl. Hofschauspieler

Wohlgeborenes Fräulein!
Für Ihre diversen Zuwendungen und Zeilen bedanke ich mich bei Ihnen aufs Beste! Auch für das liebenswerte Ge-

dicht, das Sie zum Wohle meiner Kunst schufen, seien Sie herzlichst bedankt. Ich habe es wieder und wieder gelesen und bin immer noch entzückt über Ihre Verskunst. Melden Sie sich wieder, wenn es Ihnen beliebt. Meine Thüre steht Ihnen, liebes Fräulein, jederzeit offen. Sie wissen mich also zu erreichen. Damit schließe ich und sende Ihnen mit meinem Segen innigste Grüße. Ihr Ludwig Barnay.

(Julchen hat zwei »Poeme« auf den Königlichen Hofschauspieler gemacht. Über welches er so entzückt war, wissen wir nicht. Eines von den nachstehenden aber wird es gewesen sein ...)

Königliche Kunst

Es trabt ein großer Name
Durch das Hannoverland.
Die Ehrfurcht nie erlahme,
Er bleibe stets bekannt.

Ein edler, großer Hüne
Verleiht uns seine Gunst.
Er steht auf einer Bühne
In königlicher Kunst.

Hoch, Ludwig Barnay, Säule!
Es kommt Dir keiner gleich.
Nicht tausend Ackergäule
Geh'n auf Deinen Streich!

Du bist so ganz voll Mimus,
Voll Weisheit und voll Treu'!
Schenier Dich nicht, mein Primus
Aus Weizen ... Nicht aus Spreu!

Wenn ich Dich beten sehe
Von Goethe ein Gebet,
Dann hat – wie ich gestehe –
Mein Herz sich aufgebläht.

Bald wird es gar zerplatzen,
Vor lauter heil'ger Glut!
Jetzt möcht' ich Dich beschmatzen
In kühner Liebeswut.

Das bleibt jedoch ein Möchte ...!
Herr Barnay fühlt es nicht.
Die Kerzen haben Döchte,
Doch ohne Brand: Kein Licht!

Auf den Herrn Hofschauspieler Louis Barnay,
dem Göttlichen:

Wenn Wiesen ohne Blumen wären,
Wenn Himmel ohne Mond und Stern,
Wenn Besen ohne Haare kehren ...,
Man lebte dennoch lang und gern.

Wenn ohne Feuer Feuersbrünste,
Wenn ohne Wasser Regen wär',
Wenn jedes Kunsthaus ohne Künste,
Es bliebe doch nicht öd' und leer.

Denn zu Hannover lebt ein Meister,
Der schafft aus Goethe Frohnatur.
Verscheucht die allerschlimmsten Beister,
Die wo von kritischer Statur.

Sein Wort ist machtvoll wie das Blitzen.
Oh, strömt heraus, ihr Silben all!
Wenn man ihn hört, kommt man ins Schwitzen
Und fühlt der Wonne Liebesstrahl.

Er heißet Barnay, und bei Hofe
Ist er der Größte zu Berlin.
Die Kaiserin, die Kammerzofe,
Sie sind mit seiner Kunst intim!

Wenn er den Nikolaus zitieret
Und eine Limonade trinkt,
Dann weißt Du, Seele, was gebieret
Poetisch triefender Instinkt.

Mit Barnay bleibt die Welt bestehen,
Mit Barnay ist die Kunst perfekt.
Ich lasse niehemals mich gehen,
Wenn er auf einer Bühne steckt.

Er schreitet aus mit mächt'gen Schritten
Und schreit sein Wort hinab zum Saal.
Er läßt sich nicht um Weit'res bitten.
Dein Lechzen ist ihm ganz egal.

Wenn er so geht, sind's Kirchenglocken,
Die mit ihm bimmeln hell und klar.
Oh, Louis Barnay, Atem stocken,
Vernimmt man Deinen Kommentar.

Wie sprichst Du Werners heil'ge Strophen,
Wie säuselst Du den Wahnsinn hin.
Du heizt mir ein ... Bist Du ein Ofen?
Verzeih', daß ich jetzt gleich gerinn'!

Ich fall' wie dicke Milch zusammen,
Streu' Deines Ruhmes Kümmel drauf!
Ach, möchte mich Dein Geist entflammen,
Bevor ich in den Hades lauf'!

Mein Barnay, Deine großen Worte ...
Genieße ich wie alten Port.
Charlotte Wolter – Himmelstorte!
Du machst mich satt. Mein Bauch rumort.

Hannover, den 2. Juli 1909

Dr. Ludwig Barnay
Königl. Hofschauspieler

Geehrtes, liebes Fräulein!
Wie ich durch Herrn Geheimrat X., Hier, erfuhr, sind Sie bei ihm am nächsten Wochenende zu Gaste und haben sich bei ihm nach meiner Person und meinem Ergehen erkundigt. So habe ich es wohl Ihnen zu verdanken, daß ich in dem Ersten Hause mit von der Partie bin. Dafür ein herzliches Dankeschön. Und als Belohnung werde ich der Gesellschaft, wenn's angebracht ist, zwei von Ihren Gedichten vortragen. Ist der Herr Geheimrat nicht ein Cousin von Ihnen? Vielleicht belehren Sie mich darüber, wenn wir die Gelegenheit haben, ein wenig abseits uns privat zu unterhalten. Bis dahin ...! Seien Sie vielmals gegrüßt und umarmt von Ihrem alten Ludwig Barnay.

Bremen, den ...

Liebes Emmakindchen,
obwohl ich keine große Freude und immer an den Fehltritt unserer Mutter erinnert werde, bin ich letzte Woche hin

nach Hannover und war bei Familie X. und habe dort viel und gut gegessen und im gelben Salonne auch geschlafen, was aber kein guter Schlaf war, weil das Sopha kein Bett ist und nebenan einer einen Schnarch vor sich hergeschoben hat, daß Du denkst, er hat die ganze Eilenriede indutten gesägt. Das war einer, der Hofrat Nachur* heißt und aus Hamburg kommt, wo er in Theatro macht. Er hat ein jüdisches Gesicht und sagt zu X. alles aufs Jüdische, daß Du nicht mehr weißt, ob er was über den Kaiser oder die Sozialdemokraten sagt. Ich finde es nicht gut, wenn sie in Gegenwart von anderen so aufs Jüdische schnacken, daß keiner nicht was Rechtes versteht. Aber X. hat gesagt, daß ich von ihrer Seite bin und da hat er sich nicht angehalten, aufs Jüdische zu schnacken. Es war noch eine gewisse Anna Schürnagel aus Hamburg da, die aber von Nachur nichts weiß und sagt, daß viele sagen, sie machen in Theatro, wo aber nichts hinter ist und sie nur angeben, daß sie was sind, wenn sie in der Gesellschaft herumbalzen...

Barnay ist sehr freundlich gewesen und hat wieder gesagt, daß mich die Kultur haben muß. Er hat zwei von meinen Oden gehabt, sie aber aus der Brusttasche nicht genommen, weil keine Zeit war, sie vorzulesen. Er hat immer mits Papier geraschelt und geschnupft, daß sie ihn hören sollen, aber X. hat so laut geschrien, daß kein Schnuben gehört ist und Barnay war ganz umsonst da, daß keine Aufmerksamkeit auf ihn gestoßen ist. Er hat mit mir Wein getrunken, den sie verlängert haben, weil er nicht weiß und nicht rot ist. Barnay will mich in Bremen besuchen, wenn er dort Besuch macht, weil er eingeladen ist, bei unserem Theater Theater zu machen.

X. ist jetzt so vornehm, daß er sich bläht wie ein Pfau, wenn sie ihm die Hand geben. Er hat vier Uhrketten auf dem Bauch und vor dem Auge Pinkzenetz, weil das vor-

* Julchen hatte den Namen falsch verstanden. Es handelte sich um den Hofrat Bachur, der zu Beginn dieses Jahrhunderts Intendant des Hamburger Stadttheaters war.

nehm ist, wie ich das schon von Leo Fall kenne, der auch so vornehm durchs Rundglas sieht, obwohl er, glaube ich, gar nichts sieht, aber es ist wegen der Vorschrift in der heutigen Gesellschaft, daß alle Herren von Bildung und Geld ein Pinkzenetz vor dem Auge haben. Ich habe es auch probiert, kann es aber nicht halten. Es ist, als wenn Du einen Taler zwischen die Lieder klemmst aus Blödsinn und es juckt Dich dann und zwickt, bis Du ihn wieder fallen gelassen hast.

X. kriegt einen Speckbauch, aber nicht unten, sondern oben, wo es gar nicht schön ist und stört. Es ist ein Bauch, wie Du ihn von Kröger aus Barum kennst, der die Wassersucht gehabt hat und Brust und Bauch sind ihm eins gewesen, bis er sel. im Herrn entschlafen ist, was wir aber von X. noch nicht hoffen, denn er macht sich gut in seinem Geschäft und hat die beste Villa in Hannover, daß Du denkst, er ist der König von der Eilenriede...

Bremen, den 25. September 1909

Lieber Willy!
Warum bist Du letzten Freitag nicht gekommen? Du solltest Dich was schämen, daß Du mich sitzen läßt. Man läßt sein Fräulein Schwester nicht in einem Caféhaus sitzen, daß alle Leute denken, ich bin eine, auf die wegen Salähr gewartet wird. Wenn Du mich noch einmal sitzen läßt bin ich Dein Fräulein Schwester gewesen!

So, und sei wieder schön brav und bringe mir von den Pfeffermintz-Pastillen ein Pfund mit, daß ich wieder gut bin, ja? Kommst Du nächsten Freitag? Sonnabend geht nicht, weil der Herr Geheimrat Barnay aus Hannover kommt, mit welchem ich einigen Verkehr habe und der sehr gebildet ist, woran Du nicht reichst, was aber noch kommen kann, weil Du so gute Gaben hast. Herr Barnay nimmt mich mit auf unser Theatro, weil ich ihn gebeten habe, daß er mal sieht, ob sie was für mich tun können.

Wir sehen Wilhelm Tell von Schiller. Tell ist ein starker Mann und Vater und nicht die Schokolade, die uns Grummuttée immer zu Weihnachten in den Schuh gesteckt hat. Er schießt einen Apfel von dem Kopfe seines Knaben, um es den anderen zu zeigen. Weil es September ist, werden sie keine Vorjahrsäpfel mehr haben und von den Augustäpfeln nehmen, obwohl das schwer ist, denn die sind jetzt noch klein und glitschig und es kann sein, daß er den Apfel nicht trifft...! Aber es ist alles Theater und er wird seinen Knaben nicht erschießen, denn sonst kriegt er Gefängnis und muß sicherlich von der Justitz getötet werden. Was mit Tell ist, schreibe ich Dir nächste Woche oder sage es Dir, wenn Du Freitag kommst. Vergiß die Pastillen nicht! Es grüßt Dich Dein Julchen, zu Bremen auf Tour bei Herrn Senator Fürchtebohm, Palais, Contrescarpe...

Suderburg, den 1. Oktober 1909

Liebe Chasine,
zuerst soll ich Euch alle von den Meinigen grüßen und Euch sagen, daß wir wohlauf sind und es ist dieses Jahr alles soweit ganz gut ins Kraut geschossen, bis auf Grummuttée, die den schwerblütigen Stau im rechten Bein gehabt hat, der ihr manchmal, wenn's ganz schlimm war, bis in das Podexfleisch gestiegen ist, wo er sie doll in die Klafittchen gekriegt hat. Ich hoffe, daß Du den Stau nicht hast und sich deswegen Dein Liebster noch jeden Tag an Deinem schieren Podex erfreuen kann.

Ich bin nicht oft zu Suderburg, weil ich eingestehe, daß ich sehr oft in der Litteratur bin. Zuletzt habe ich in Bremen einen Barbier gehört, welcher aus Spanien, Sevilla, stammt und zwei Stunden lang einen großen Schabernack auf der Bühne treibt, daß Du manchmal nicht weißt, wohin es geht. Erfunden hat ihn ein gewisser Rossini aus Italien, der aber schon tot ist. Es ist dieses ein an und für sich sehr schönes Stück, was es vielleicht auch mal in America geben könnte, obwohl ich nicht glaube, daß es bei Euch viele verstehen. Die Deutschen ja, aber nicht der Englischmänn. Wenn das Stück auch nach dem Barbier benannt ist, so geht es nicht alleine um denselben, sondern es haben noch anderen ihren Tanz ... wie eine gewisse Rosine, welche aber nicht vertrocknet ist und in einen Kuchen gehört, sondern ein Mündel ist und so heißt. Der Babutz macht es, daß sie den kriegt, nach welchem sie immerzu schmachtet, daß Du schon denken mußt, sie ist meschugge und hat nichts anderes im Kopfe als die Mannsleute. Nur ihr Herr Onkel ist dagegen und verdirbt ihr dauernd den Kakau. Alles Oper!

Oper sehe ich nur ab und an, weil ich mehr für Theatro bin, was ich oft studiere, indem ich auf dasselbe schreiben will. Für Oper bin ich eingewiesen durch Madame Ida von Scheele-Müller, Sängerin von Se. Majestät, Kaiser zu Berlin, vormals dieselbe zu Bremen, in Oper ...

Suderburg, den 3. Oktober 1909

An die Frau Hofopernsängerin
Ida von Scheele-Müller
Berlin
Königliche Hofoper unter den Linden

Meine allerliebste Frau von Scheele-Müller!
Indem ich mich zutiefst vor Ihrer Gnade verneige, tue ich dieses in jedweder Andacht vor Ihrer Kunst und Ihrer wohlgemeinten Freundschaft zu mir, da ich vor Ihnen im Staube knie. Welche Huld haben Sie über mich geschwemmt, daß ich bei der Nahe an diesem Glücke ersticke! Der Pommpaduhr ist so fein, daß ich nicht wage, ihn an meiner grünen Seite zu schwenken. Aber ich schwenke ihn doch, denn es ist

von Ihnen, Gnädigste Frau von Scheele-Müller! Meine Schwester hat gesagt, daß sie gestorben wär', wenn sie solche Gnade im Pakete auf den Tisch gekriegt hätte. Aber ich habe ihn gekriegt, bin nicht gestorben, aber beinahe und habe meinen einsamen Tränen freien Lauf gegeben, daß ich alles genetzt habe, was um mich war. Dieses kam von Ihnen, meine allerliebste Frau von Scheele-Müller. Sie haben mich geadelt und meinen Wert gehoben, daß ich nunmehr sage, wenn ich in der Frühe aufstehe: Du bist Julchen, an welche sich die Frau Hofopernsängerin erfreut.

Ich gebe Ihnen alles, was ich an Schätzen an Leib und Seele habe, denn Sie wissen es, daß ich Ihnen ganz gehöre und meine gesamte Ehrfurcht vor Ihnen offen entblöße. In Ihrer Kunst ist der Spiegel von tausend Jahren, wie denn schon Goethe gesagt hat, daß alle Tugend der Kunst bei uns im Ockzident von den alten Germanen kommt. Am Sonntag trage ich den Pommpaduhr in die Kirche, daß auch der liebe Gott sieht: Die Frau Hofopernsängerin hat mich collossal erhoben! Nun will ich schließen und denken, daß ich im Schatten Ihrer Kunst dahineile.

Es dankt Ihnen in ersterbender Ehrfurcht!!!

Julie Schrader, zur Zeit Suderburg, Lüneburger Heide, der Post bekannt.

P.S.: Wenn ich kann, gehe ich später einmal in Berlin auf die Oper Se. Majestät, daß ich Sie genießen kann und sehe, wo mein Pommpaduhr gekauft ist.

(Am 17. November 1909 druckt die Tageszeitung in Lüneburg nebst einem Bild der Frau Hofopernsängerin Ida von Scheele-Müller das nachstehende Gedicht unserer »Poetantin« ohne die beiden vorletzten Strophen ab:)

Der Einzigen!

Es kam ein Sang von ihren Lippen,
Der war so zart, so wunderbar,
Als säuselt' Zephir über Klippen
Im fernen Lande Sansibar!

Ein Zünglein spielte in dem Spältchen,
Bald lispelnd, bald mit ernstem Wort.
Und auf der Stirne: hundert Fältchen
Der Schelmerei. Welch ein Akkord!

Es wogt knapp an des Halses Länge
Ein Busen königlich und stolz.
Er ist ob vieler harter Zwänge
Aus Weib und nicht aus Fichtenholz.

Durch diesen steigen auf die Töne,
Bis sie aus ihrem Mund entfliehn.
Es hingen an ihm Deutschlands Söhne,
Die morgen ins Manöver zieh'n.

Ja, Ida, Edle Scheele-Müller,
Du bist uns die Germania.
Der Herr Baron von Khevenhüller . . .
Verehrteste, was machst Du da?

Du sollst nur Kunst aus Dich entlassen
Und keinem ird'schen Frevel dien'n!
Will Dich der Herr Baron anfassen,
Soll er die Finger sich verglüh'n!

Du singst und bist die Nachtigalle,
Die Kaisers sich mit Ruhm erkor'n!
Heil Ida, ja im Sangesfalle
Da bist Du wirklich hochgebor'n!

8ter Dezember 1909

Liebstes Emmakindchen,
das beigefügte Arranschement von Prallinée ist für Dich. Ich habe von der Lüneburger Zeitung vier Mark zwanzig gekriegt, nun schlecke alles auf und sei mir gut! Man sieht: Kunst macht sich hin und wieder bezahlt und sei's, daß Du Deinem Gaumen einen Kitzel von Krokant und Ingfer gibst.
Herze Deine Julemule.

Masel und Simche

(Eine verhältnismäßig lange Zeit stand Julchen bei dem Geheimrat X. zu Hannover in Gunst. Die hohe Position, die X. einnahm, ließ es ihn entraten, in den Briefen an unser Fräulein seinen Namen zu nennen. Er nannte sich Masel (Glück) und seine Angebetete Simche (Freude). Zu den nachstehenden Briefen »Masels« fehlen uns meistenteils die Gegenstücke, so daß wir nicht genau wissen, wie »Simche« auf dieses oder jenes frivole Angebot reagierte. Es kommen in den Briefen allerhand merkwürdige Vokabeln vor, die nicht etwa – wie die Pseudonyme – jiddischen oder jüdischen Ursprungs sind, sondern Umschreibungen von Begriffen, die Geheimrat X. aus Vorsichtsgründen wählte. Aus eben solchen Gründen mußten wir leider einige Briefe kürzen, denn es leben immer noch Nachfahren des einst so rüstigen Geheimrates … und dieselben möchten ob des realistischen Gebrünstes ihres Ahnherrn womöglich ein Veto gegen die Publikation einlegen. »Masel« verzichtete übrigens häufig auch auf eine Datumszeile. Vielleicht drängte es ihn allzu sehr, seine spannungsgeladenen Worte los zu werden, so daß er nicht Zeit hatte, Ort und Stunde seiner brieflichen Ergüsse mitzuteilen …)

Hannover …

Meine Glühende, meine Geliebte, mein Alles!
Wann stürzt Du mir endlich wieder in die Arme? Soll ich so lange warten und nicht den Lohn dafür empfangen, daß ich

keusch und züchtig dahinlebe wie eine Nonne? Ich brauche jetzt den Lohn, mein Täubchen! Masel harret Deiner. Die beigefügte Note dient dem Zweck eines Eisenbahnbillettes und eventuell noch einiger Ingredienzien zum Schmucke Deines kostbaren Leibes! Kaufe alles, was Du begehrst! Ich lege es Dir zu Füßen! Komm, mein Herz! Komme! Ich zergehe vor Sehnsucht nach Dir! Dein unglücklicher Masel!!

Hannover...

Mein Lieb!
Kawuli! Schnurri! Kawuli ganz groß! Schnurri auch? Ja, am Freitag. Wie immer. Meine geliebte Simche! Daß Du meines Geburtstages gedenkst! Bin ich Dir nicht bald zu alt? Du, meine ganze Freude! Dein verliebter Masel.

Hannover, den 2. August 1907

Mein herziges Mädchen!
Schnurri-schnurri-schnurri! Kawuli grüßt und wächst wie ein Spargel, der über Nacht aus dem Beet schießt. Das Flacon dient Deinem bezaubernden Näschen! Ich habe es aus Paris besorgt. Du siehst: für Dich ist mir gar nichts zu teuer. Vorsicht, denn zwei hat sieben gesehen. Konnte es aber verhindern, daß sie den Inhalt erfuhr. Vielleicht schreibst Du eine Weile nicht. Ja? Aber dennoch denke ich Tag und Stunde an Dich. Schnurri verliebt? Kawuli ganz aus dem Häuschen. Schnee! Also... Kein Wort, daß zwei nicht sieben und vor allem dreizehn dahinterkommt. Dein Masel.

Hannover ...

Mein Lieb!
Pimmilammilu, pammilammilu, pomportimula! Ich habe es mindestens zwei Dutzend mal gelesen! Wunderbar. Kawuli grüßt sein Schnurriburri! Ach, wärest Du jetzt bei mir ... in meinen Armen ..., könnte Dir sagen, wie mir ist! Beigefügt eine Note, damit Du über den bösen November kommst. Am vierten Dezember! Ja, ja, ja! Alles ist groß und mächtig und wartet auf Dich, um Dich zu verzehren. Heiliges Feuer!! Zwei in Bad Pyrmont. Gutes Wetter! Dein Maselchen.

Hannover ...

... wollen wir mal sehen, wie es geht. Du hast schon Schorf drauf? Dann heilt es. Aber Vorsicht! Ach ... und gerade da bist Du so empfindlich! Deine Seele hat eine Wunde! Kawuli ganz traurig! Ja, er ist manchmal allzu habgierig. Er vertrocknet. Leider!!! Die Note ist für die Handarbeit. Verwebe in dieselbe all Deine Träume ... und denke an mich, an Deinen schmerzbewegten, untröstlichen Masel!

Bremen, den 26. September 1909

Mein Heiland!
Es gießt jetzt schon zwei Tage vom Himmel, daß man denkt, es gibt nur Wasser dort droben, wo die Gerechtigkeit wohnt. Es gibt gar keine Gerechtigkeit, daß Du mich so lange warten läßt und zu Barnay gesagt hast, was Du für mich gekauft hast. Deine Simche ist ganz traurig. Übst Du Verrat, treuloser Recke? ... Schnurri weint wie der Himmel, weil

sie durch die Tage des Unmuts dahineilt. Warte nur, warte nur balde, ruhest auch Du! ... Kawuli pomportimula! Oh nein, oh nein! Nicht jetzt, aber sonst. Du stiller Fluß Du, in dem ich mich ersäufen könnt'! Herrn Blumhagen hat sich eins auf feinstem Papier zurechtgeschrieben, daß er nun fünf Gedichte haben will. Nichts da! Herr Blumhagen soll mir gestohlen bleiben ...! Umarme in der Ferne Deine trostlose Simche, die mit dem Himmel weint!!

P.S.: Du ...! Es wird wird schon besser. Es küßt Dich Dein Engel. Kawuli soll leben! Der Kirchturm ragt bis in die Wolken. Entzünde den Blitz und lasse fahren den mächtigen Donner!

Hannover ...
... superb! Nicht dergleichen ansonsten parat! Meine Dichterin! Die Note soll ein Stückchen Dank sein. Kaufe Dir das Rotseidene, von dem Du geschwärmt. Und etwas Pelz, wenn ich bitten darf. Kawuli ist auf Pelz ganz wild! Sein Näschen kann sich nicht gütlich genug dran tun. Also: guten, schönen Pelz für Kawuli! Und wenn's nicht reicht, so wird es beim nächsten Male reichen. Schnurri-schnurri ...! Ab ins Kabäuschen, mein kleines Mäuschen! Dein Maselchen, Haselchen.

Hannover ...

Mein Simchilein!
Sedanstag sehen wir uns wieder. Die Kanone ist voll! Nun werfe mir die Lunte! Mein Hirt', wo findest Du die Schalmei? Kawuli haßt zwei! Das weißt Du. Nur Du, nur Du raubst mir alle Ruh'! Die Note reicht? Dein M.

(Aus den Jahren 1910–1912 existieren keine Briefe von Geheimrat X. an Julchen. Erst Weihnachten 1912 scheinen die Beziehungen wieder eingesetzt zu haben. Am 20. Dezember 1912 dichtet unser Fräulein die nachstehende »Ode«, die eine eindeutige Widmung trägt. »Masel« reagierte am 2. Januar mit einem zwei Seiten langen Brief darauf.)

An » . . . «, den Ewiglichen!

All die Jahre . . .

Du hast mich festgehalten
In Deinen starken Händen.
Fast wollte es erkalten,
Doch soll es niemals enden!

Du gabst so viel an Liebe
Mit Deinem edlen Herzen.
Wenn ich Dir heut' nicht schriebe,
Du littest ewig Schmerzen!

Warum bist Du entkommen
So lange mir, mein Süßer?
Ich denke mir verschwommen:
Macht er jetzt gar auf Büßer?

Das kann nicht sein, mein Leben!
Du wirst mich nie vergessen!
Wenn zwei zusammenkleben,
Dann sind sie auch versessen.

Dann wollen sie die Liebe,
Die sie dereinst verbündet.
Weißt Du nicht mehr, Du Rübe,
Worein Dein Strömchen mündet??

Hannover, den 2. Januar 1913

Oh, Du Werteste . . .!
Daß Du noch meiner gedachtest! Mich beginnt das Alter zu plagen, obwohl ich noch in allem rüstig und sicherlich zu Vielem brauchbar. Wie oft gedenke ich der schönen, harmonischen Stunden, in denen sich das zärtliche Simche und der kräftige Masel fanden. Nicht wahr, es waren herrliche, unvergeßliche Stunden? Klingen sie auch in Dir nach, mein Wieselchen?

Kawuli ist ein wenig müde geworden; aber noch zittert er vor dem Großen und Einmaligen, das Du ihm stets mit großer Kunst und viel Geschmack gegeben hast. Und dieses nun soll mir wiederkehren? Wie aber, mein Lieb, willst Du solches bewerkstelligen? Wir sind weit auseinander. Du noch in Berlin, bald in Hamburg. Ich hier in meinen gesellschaftlichen Banden. Die Zeit der Wildnis ist vorbei, mein Kerlchen!

Aber doch, es brodelt in mir bei dem schönen Gedanken. Wollen wir ihn tatsächlich ernsteste Wahrheit werden lassen? Ich denke: ja! So nimm denn die Note, die ich Dir beifüge, damit Du der Reichsbahn Tribut zahlen kannst und Dich für mich und den hübschen Kawuli schönmachen willst. Ja? Willst Du dieses, mein Lieb? Ich fühle es: Du willst! Nun, das Wollen der Menschen ist der Antrieb zu allem. Ich will mit Dir redlich sein, da Du den Schritt zu einem ewigen Bündnis getan hast. Und der andere soll's gar nicht wissen? Ei, Du Schelmin, was willst Du da tun? Tust Du Redliches? Nun, ich habe ältere Rechte, will ich sagen. Oder: Sind diese auf immer verloren gegangen? Wie es sei: Noch einmal, Trauliche, empfange ich Dich, wie ich Dich stets empfing. Ja? Und dann . . . dann wollen wir scheiden!

Also . . . berichte mir schnell, zwei ist nicht da, dreizehn außer Gefahr. Berichte mir schnell, denn Kawuli ist ungeduldig. Das Roß will gezäumt werden, und steht es allzu lange ungenutzt im Stall, verliert es seine Kraft und wird ein elender Klepper. Das aber, denke ich, willst auch Du nicht.

Wie wäre es denn mit dem übernächsten Freitag? Ich vergesse, daß Schabbes ist, lasse Dich von G. abholen ... und dann: Hinauf, hinauf in den siebenten Himmel, wo Schnurri und Kawuli siebenundzwanzig, zehn und neunundsechzig ...

(Nach dem letzten Besuch bei Geheimrat X. in Hannover verfaßte Julchen einen Vierzeiler:)

Du hast mich fast erschossen
Mit Deinem Schießgewehr!
Jetzt bist Du unverdrossen
Bis an Dein Ende leer ...!

Verlegt und nie vergessen!

Zwickau, den 5ten Mai 1905

Förster & Borries
Verlags-Buchhandlung
Zwickau, Sa.

Fräulein Julie Fédore Schrader, Wohlgeb.
Harburg (Han.)
Per Adresse Herrn Fabrikanten Goldschmidt, pp.

Gnädiges Fräulein!
Herrn Verleger Bütepage in Berlin war so gütig, uns Ihre werte Anschrift unter dem 28. April dieses Jahres mitzuteilen. Wir hatten uns an ihn gehalten, um die Rechte für den Abdruck des lustigen Pilz-Gedichtes aus Ihrer Feder zu erlangen. Herr Verleger Bütepage bekundete uns, daß diese Rechte keineswegs bei ihm, sondern bei Ihnen, gnädiges Fräulein, liegen. Wir bitten Sie nun höflich und ebenso inständig, uns gegen ein Honorar zu erlauben, das Gedicht in »Michaels Führer für Pilzfreunde«, mit wirklich naturwahren Abbildungen, nämlich 10 Tafeln mit insgesamt 131 Pilzgruppen, dem eigentlichen Text der Wissenschaft voranzustellen. Wir hoffen sehr auf Ihre Zusage und beehren uns, Sie in diesem Sinne als unsere künftige Autorin begrüßen zu dürfen.

Ergebenst und untertänigst, Krüger, Prokurist.

Julie Fédore Schrader ...

Liebster Willy!
Ein gewisser Herr Krüger von einem Pilze-Verlag will sich beehren und mich in seinem Sinne als Autorin haben für den Abdruck von einem Gedicht, das in »Sport und Gesellschaft« abgedruckt ist. Nun frage ich Dich: Was soll ich unter Pilze? Bin ich ein dichtender Bowist oder ein grüner Knölling, daß ich das tun muß?

Indem Du mir sagen sollst, was ich bin und tun soll, grüßt Dich Dein Julchen-Schwesterlein.

Julie Fédore Schrader,
z. Zt. bei Herrn Fabrikanten Goldschmidt,
Marienstraße und An der Synagoge,
Harburg, Han., den 8ten Mai 1905

Herrn Director Bütepage,
Sport und Gesellschaft
Abtheiligung für Littaratur
zu Berlin
Kaisers Damm

Geehrter Herr Director, mein hochherziger Herr Bütepage!
Sie wissen, daß ich seit längerer Zeit auf Ihrem littararischen Gewissen liege, indem Sie die Ehre hatten, mehrere Oden von mir abzudrucken gegen schönes Salähr, zusammen 25 Mark Kuhrant auf mich durch die hiesige Post gewiesen. Indem ich Ihnen nochmals vielen Dank sage, bin ich nicht mehr gewillt, daß Sie mich deswegen dauernd an andere Herren bringen wie an den Herrn Krüger aus Zwickau, der mich unter seine Pilze setzen will, was ich hiermit nicht zu-

lasse, weil ich unter Pilze überhaupt nichts zu suchen habe. Mein Pilze-Gedicht ist auch nicht lustig, sondern famos und geht die gar nichts an, die es nicht verstehen und sagen, daß es lustig ist. Sie sollen man Herrn Krüger einen schönen Gruß bestellen, daß er mit seinen Pilzen dahin geht, wo der Pfeffer wächst, aber ohne mich, indem ich kein Honorar für Solches von der Post gewiesen haben will, daß es mein Herr Goldschmidt auch noch sehen kann! Indem ich Sie hierzu mit Bedringung fordere, denke ich, daß es nun zu Ende geht mit der Sache.

Hochachtungsvoll Julie Fédore Schrader, bitte nicht an Adresse Herr Fabrikant Goldschmidt, sondern besser Postlagernd ohne Namen, aber mit dick unterstrichen »Pilze« drauf. Vielen Dank!

Willy Schrader ...

... kannst Du getrost dem Verlag von Förster & Borries in Zwickau geben, wenn sie Dir soviel Geld anbieten! 75 Goldmark, mein Schatz, dafür kannst Du Dich einmal von Kopf bis Fuß neu einkleiden ...

Julie Fédore Schrader ...

Geehrter Herr Prokurist Krüger!
Indem Sie sich wegen Ihres Familiennamens an meine Verwandten erinnern, sollen Sie heute die geneigte Zusage erhalten, mein Pilze-Gedicht in »Michaels Führer für Pilzfreunde« abzudrucken. Mark 75 Kuhrant soll mir sogleich durch die Post gewiesen werden, indem ich mich dafür neu

kleiden will. Dafür sind mir auch Pilze nicht zu schade! Was ich zu Herrn Bütepage gesagt hab' soll keine Geltung mehr haben, indem ich mich anders entschieden habe. Wenn Herr Bütepage schreibt, sagen Sie ihm, daß mir nicht wohl ist gewesen. Vielen Dank! Mit ergebenem Diener Ihre Julie Fédore Schrader, Dichterin.

P.S.: Wenn Sie noch mehr Pilze-Gedichte brauchen, kann ich welche machen. Zum Beispiel über den Steinpilz, welcher der beste Pilz an und für sich ist, weil er festes Fleisch und einen dicken Stiel hat. Schreiben Sie mir wegen seiner, auch wegen Fliegenpilz (giftig), Parasolpilz (Regenschirm) und Morchel.

(Das Pilz-Gedicht erschien in der Volksausgabe »C« von »Michaels Führer für Pilzfreunde«, 7. Auflage, 1905, Förster und Borries-Verlag, Zwickau:)

Der Pilz

Was lugt dort aus dem Moose raus,
So schier, so feucht und krumpf . . .?
Ist's gar der Zeh vom kleinen Klaus,
Der durchbrach seinen Strumpf?

Viel leck'rer ist's, was dort geschlüpft:
Ein Pilz von bester Güte!
Der Magen mir vor Freude hupft,
Gleich liegt er in der Tüte.

Ich will ihn schmoren, diesen Wicht
Mit Zwiebeln und mit Pfeffer.
Und auch den Speck vergess' ich nicht.
Der Kleine ist ein Treffer!

Er liegt so weich in meiner Hand,
Als wär's ein Stück von Dir!
Als Gelbling ist er sehr bekannt . . .
(sein Bild auf Seite vier!)

Selbt Wilhelm Zwei schätzt den Ohguh,
Tut ihn mit Wein begeußen.
Ein Pilz, zu schade für Ragout,
So stramm wie alle Preußen.

Hoch lebe Gelbling, Edelwuchs!
Der beste aller Pilze!
Von ihm schreibt ein Professor Fuchs:
»Er würzt des Waldes Sülze!«

(Im Jahre 1906 hatte sich unser Fräulein an einem Preisausschreiben der »Feinen Cakes- und Schokoladenfabrik Harry Trüller, Celle« beteiligt. Sie gewann den ersten Preis: Einhundert Goldmark und ein Paket mit den »besten Specialitäten des Hauses«. Julchens preisgekrönter Werbespruch lautete:)

Iß immer düller, Zwieback von Trüller!

(Der Preis wurde ihr mit folgendem Schreiben überreicht:)

Zwieback, feine Cakes und Schokoladen
von Harry Trüller
Celle., Han. den 1. September 1906

Hochverehrte Dame!
Wir sind in der glücklichen Lage, Sie als Gewinnerin unseres internationalen Preisausschreibens beglückwünschen zu dürfen. Im Namen der Firmenleitung gehen mit gleicher

Post an Sie einhundert Goldmark und eine hübsche Kiste mit den besten Specialitäten unseres Hauses ab.

Wir danken Ihnen für Ihre Einsendung, die uns sicherlich in Hinkunft in der Werbung dankbar unterstützen wird...

Julie Fédore Schrader...

Lieber Willy!
Heute ist mir eine Überraschung widerfahren, die allem Volke mitgeteilt werden soll: Trüller in Celle hat mich gewinnen lassen und nun werde ich wie Goldmarie mit Geld und Zwieback überschüttet! Ich kaufe Dir ein neues Hemd (aber ganz und gar und nicht nur Schemisett!) und Knöpfe für die Brust, daß Du sie überall zeigen kannst. Es ist gut, wenn man dichten kann. Ja, ja, der Zwieback hat es in sich! Vielleicht schreibe ich morgen auf Fleisch oder Butter, wenn sie wieder so was ausschreiben. Auf Butter reimt es sich besser. Aber mit Fleisch geht es auch. Man muß es nicht an den Stert stellen, denn dann geht es schief mit dem Reim. Beste Grüße und einen dicken Kuß von Deinem Schwesterlein Julie.

Harburg, den ... 1906 (?)

Geehrter Herr Verleger Liebert!
Sie sollten sich was schämen, daß Sie denken ich dichte was für Ihren Witzbold oder das Buch zum Totlachen! Ich dichte überhaupt nichts! Gewiß aber nicht für Sie, daß sich andere darüber totlachen oder einen Witzbold davon machen!

Wenn ich dichte, stehe ich mit einem Fuß auf dem Grabe von Goethe, weil es eine heilige Kunst ist und nicht so ein dummes Zeug, was Sie sich denken, Herr Liebert! Wenn ich eines Tages ganz auf die Littaratur gehe, was ich noch nicht will und vielleicht überhaupt nicht, dann nicht mit Ihnen und Ihrem Witzbold oder im Buche zum Totlachen, was ich auch gar nicht lesen will, wenn Sie es mir auch zugeschickt haben. Ich lege es auf Abort und da kann es jeder nehmen wie er's will zum Lesen oder zum Nichtlesen. Aber das Papier ist schlecht und zu hart, daß es niemand nicht zum Nichtlesen wird nehmen. Auch dazu ist Ihr Witzbold zu schlecht! Das Buch zum Totlachen ist noch schlechter, indem das Papier auch nicht taugt und wir selbst bei Abort viel besseres Papier haben von Flausch und Lüneburger Zeitung.

Mein Herr, der hochansehnliche Herr Fabrikant Goldschmidt, hier, sagt auch, daß Ihr Witzbold zu dumm ist, daß man darüber lachen kann. Und Ihr Buch zum Totlacher ist noch viel dümmer, daß man schon gar nicht mehr lachen kann. Unterstehen Sie sich, daß Sie es mir nochmals schicken. Es kommt auf Sie zurück, daß Sie alles selber bezahlen müssen bei der Post.

Julie Fédore Schrader, wirkliche, aber noch geheime Dichterin, bei Herrn Fabrikant Goldschmidt, Harburg., Han.

(Der Verlag Woldemar Liebert, Dresden 79, Haydnstr. 38, hatte Julchen gebeten, Beiträge für die Unterhaltungsbücher »Der Witzbold« und »Das Buch zum Totlachen« zu Verfügung zu stellen. Sie lehnte ab, auch ein Jahr später noch, als ihr der Verlag das Angebot machte, in der Schrift »Die Kunst der Unterhaltung« mitzuwirken.)

Dresden, den 25. 2. 1907
Woldemar Liebert GmbH, Verlage,
Dresden 79
Haydnstr. 38

Hochverehrte Frau Schrader!
Noch einmal erlauben wir uns, Sie anzuschreiben. Diesmal mit der Bitte, uns die Beiträge Nr. 3 und 7 aus dem Daheim-

Kalender des vorigen Jahres zum Abdruck in unserem Buche »Die Kunst der Unterhaltung« zu überlassen.

Nach Eingang Ihrer Bestätigung sähen wir uns veranlaßt, Ihnen für die Nr. 3 nicht weniger als zwanzig Mark und für Nr. 7 fünfzehn Mark bar Kassa auszuzahlen.

Wir hoffen, daß Sie uns entgegenkommen und den Abdruck postwendend gestatten.

Mit vorzüglicher Hochschätzung: Woldemar Liebert, Verlag.

23. 3. 1907
Julie Fédore Schrader

Geehrter Herr Verleger Liebert!
Wie ich Ihnen schon im vorigen Jahre hochachtungsvoll habe mitgeteilt, komme ich Ihnen überhaupt nicht entgegen und gestatte ich Ihnen weder postwendend noch sonst irgendwas. Ihr schnödes Geld können Sie sich an den Hut stecken! Ihre Kunst der Unterhaltung ist nichts anderes als der Witzbold und das Buch zum Totlachen, das längst den Weg genommen hat, was hier den Weg alles Irdischen nimmt! Sie wollen mich hinfort nicht mehr belästigen, sonst komme ich Ihnen mit dem ganzen Gericht, welches sich hinter mich stellt und Sie sind gelangmeyert! Schreiben Sie also nicht noch mal, sonst lernen Sie mich kennen! Julie Schrader.

P.S.: Es kennt mich mancher. Ich bin nicht ohne! Und Sie werden es auch kennen lernen!!

....

Geehrter Herr Vieweg!
Überaus gern und wegen der Erziehung und der Tiefe gebe ich Ihnen die vier Gedichte, daß Herr Sergel sie mit Tönen umrahmen kann. Ich glaube vor allem Nr. eins macht sich

sehr schön gesungen, indem schon Herr Kammerdirector Hildach immerzu mit ihm auf Komposition gewesen ist. Honorar ist zu gütig. Ich empfange gern: am besten durch Post direct. Konto habe ich nicht, weil noch nicht soviel eingeht, was sich aber ändern kann.

Vielen Dank auch an Lolo Barnay. Es ist schön, wenn man soviel wörtlichen Dank empfängt! Die Worte werden in meinem Herzen bewogen und sind dort eingeschrieben für ewige Zeiten! Ja, es stimmt, daß ich ausgelassen bin, denn ich lasse nichts aus, was dem Leben frommt, der göttlichen Gnade und der himmlischen Gerechtigkeit. Indem ich Ihnen dieses mit Dank mitteile, erwarte ich Ihren Brief auf Antwort, damit ich mich sputen kann, Ihnen das zu geben, was Sie verdienen!

Es grüßt Sie vielmals und sehr herzlich Ihre Dichterin Julie Fédore Schrader.

(Es handelte sich um vier Wiegenlieder, die Julchen dem Verlag Vieweg einreichte. Der Komponist Albert Sergel hat zwei davon vertont:)

Wiegenliedchen auf Albert

Nun schlafe endlich, Du kleiner Wicht!
Siehst Du den Mond oder siehst Du ihn nicht?
Er lacht zu Dir in das Fenster rein
Und will Dir für heute ein Wächter sein!

Nu schlafe endlich, Du Schätzelchen!
Die Sternlein kommen und leuchten Dir hell.
Du kriegst noch von mir ein Schmätzelchen . . .
Und dann träume süß und schlafe schnell . . .!

Das kleine Näschen

Wie klein ist noch Dein Näselchen!
Es scheint sich zu verkriechen.
Noch kann' s an keinem Väselchen
Die hübschen Blumen riechen.

Es kann noch nicht an Mutterbrust
Den Veilchenduft genießen.
Es muß sich noch vor aller Lust,
Vor aller Freud' verschließen!

Doch eines Tag's, mein Wieselchen,
Da wirst Du alles wittern!
Im Januar ein Nieselchen,
Im Mai das große Zittern!

Dann weißt Du erst, was Düfte sind,
Du wirst den Moschus preisen.
Bis dahin allerdings, mein Kind,
Wird oft die Sonn' noch kreisen!

Bist Du erst groß und wirklich schön,
Bezauberst Deinen Gatten . . .,
Dann wirst, mein Engelchen, Du seh'n,
Die Düfte der Rabatten!

Julie Schrader — Hannover, den 26. 3. 1916

Verehrter Herr Eckardt!
Zuviel Leid und zuviel Trauer hat mich in dieser Zeit erfüllt, daß es mir gelingen würde, mich in Poesie zu äußern. Ich bin jetzt stumpf wie ein altes verrostetes Messer. Seien Sie mir nicht sehr böse, wenn ich nicht aufs Dichten zu brin-

gen bin. Ein Soldatenlied kann ich auch ansonsten nicht machen, weil ich den Krieg nicht liebe und nicht weiß, wie Kanonen schießen. Ein andermal mehr, lieber Herr Eckardt, heute nichts weiter. Ihre Julie Schrader.

(Der Fritz Eckardt-Verlag in Leipzig hatte Julchen aufgefordert, ein Gedicht für eine Soldaten-Anthologie einzureichen. Wie Kanonen schossen, wußte sie nicht. Wohl aber, was sie anrichten konnten. 1916 fiel ihr heißgeliebter Bruder Willy in der Somme-Schlacht in Frankreich. Schmerzerfüllt griff sie zur Feder und schrie folgende Zeilen heraus:)

Tot bist Du jetzt!
Mein Gott, wofür!?!
So jung warst Du,
Oh, Männerzier!
Dich traf ein Schuß...
Vorbei, vorbei!
Nun ist es Schluß...
Kyri elei...!

Die Kammersängers

Ballenstadt am Hartze, den 15ten Mai 1898

Liebster Willy!
... Es ist hier einer, der wo in den Kammern singt. Wo man singt, da lasse Dich ruhig niedrig. Wieso er in den Kammern singt, weiß ich nicht. Die Frau Directeur sagt, daß es was ganz Nobles ist und man muß einen tiefen Knicks vor ihm machen wegen der Kammern. Ich denke nur, es ist komisch, wenn einer in den Kammern singen muß und er kriegt sicherlich nicht viel Geld dafür. Wenn Du weißt, was es mit demselben auf sich hat, sollst Du es mir schreiben, damit ich auch mit Kammersängers in rechte Bildung komme. Wenn ich hier frage, sehen sie mich an, daß ich denke, sie denken ich bin nicht dazu da, von fünf bis zehn zu zählen. Ihn selbers kann ich auch nicht fragen, weil er eben so vornehm ist. Trägt auch einen Zwicker wie Direktor Hillmer von der Wiesenbauschule, hat aber nicht keine solche Bienenstichnase wie derselbe.

Ich glaube auch nicht, daß Hillmer was mit Kammersängers zu tun hat oder denkst Du, daß er wegen Bildung auch die Kammern gesungen hat? Schreibe bald, daß ich was weiß und nicht ein Gesicht mach' wie die Kuh vorm Kalben. Dies mit der Kuh ist nur ein Sinnbild, indem ich natürlich keine selbige bin und auch nicht kalben werde. Das von Hillmer sage nicht zu Emma, weil sie sonst in den nervlichen Aufbruch kommt und sich bei ihrer Herrschaft verheddert, wo sie mit Hillmer zu tun hat.

Unser Kammersänger ist von schöner Körperfülle und hat drei Bäuche. Einen bis unters Kinn, Nummero zwei hängt mit zwei Gewichten an jeder Seite wie Maikürbisse an der Vogelscheuche, damit die Elstern nicht die Erdbeern anpicken. Nummero drei ist da, wo der Mensch an sich was zum Pien (Urinieren, Anm. des Herausgb.) hat, was Herr Kammersänger auch wohl muß, bloß ich nicht weiß, wie ers macht wegen dritten Bauch, wo ganz fett davorhängt...

Ballenstedt am Harz, den 26ten Juni...

Lieber Willybruder!
Es ist schlimm, daß Du es mit Hillmer doch an Emmakindchen gesagt hast, weil sie einen Brief geschrieben hat mit Haudenlukas und Pullermerieten! (»Hau den Lukas!« = Attraktion auf den alten Jahrmärkten; »Pullermerieten« = Pour le merit; Bedeutung etwa: »Es hat gedonnert und geblitzt?«, Anm. des Herausgb.) Du bist eine rechte Priemel, daß Du so jieperig auf das Sagen von meinen Briefen an Emmakindchen und Grummuttee bist! Tust Du es nochmal, bin ich Deine liebe Schwester auf alle Zeiten und Ewigkeiten gewesen. Warum schreibst Du nichts von Kammersängers, daß ich endlich weiß, was ich noch nicht weiß!

Du bist ein rechter Schietbüttel und kannst mich bald mal wo ich ganz schön schön bin! Du schreibst jetzt sofort, daß ich stantepeetz weiß, was los ist, sonst gehe ich aus mich! Deine Schwester Julie, augenblicklich in großer Erregung!!!

Bremen, den...

Aber mein Schwesterlein!
So einen zornigen Brief aus Deiner Feder! Nein! Abermals nein! Wir wollen doch nett miteinander sein. Jorinde und Joringel! Ich weiß auch nicht so genau, was ein Herr Kam-

mersänger ausmacht. Meine Freunde sagen, es ist nur ein ganz gewöhnlicher Titel wie Professor oder Kommerzienrath und hat mit Kammern gar nichts zu tun. Ein Kommerzienrath hat ja auch nichts zu ziehen! Also ... sei mir nicht gram und schreibe bitteschön wieder mit dem großen Liebreitz und der schönen Huld, die wir alle an Dir so schätzen.

Und nun will ich schließen, mein Täubchen! Sei aufs innigste umarmt von Deinem Brüderlein Willy.

P.S.: Hier in Bremen wohnt in der Dobbenstraße ein Herr Kammersänger Müller. Köbusch will ihn mal fragen, weil er mit ihm im gleichen Restaurante verkehrt. Wenn ich jegliche geregelte Auskunft erteilen kann, bin ich wieder zur Stelle. Gedulde Dich! Deine Bildung wird nicht Not darunter leiden!

Hannover, den 2. Februar 1902

Liebstes Emmakindchen!
Gestern waren wir mit Karlen seinen Eltern und ihm derselbst auf Balle bei Excelsior Pneus, wo sie gute Beziehungen haben. Es war sehr vornehm und sie hatten einen großen Uwert mit Gala, wo der Herr Kammersänger Betz von Berlin gesungen hat. Es ist ein sehr tiefer Kammersänger und macht den Mund übers Kinn auf, daß er recht tief aufkommt, was wie eine große Dröhnung von der Kartoffelstampfmaschine wirkt.

Nachher ist Tante Marie von ihm in vornehme Aufforderung genommen, daß sie total errötet und die große Ehre mit viel Augenplinkern und falschen Tritt beim Galoppe genossen. Leider hat er mich nicht gefordert, wäre ihm aber bestimmt nicht in den falschen Tritt gekommen. Tante Marie ist von solcher Falschheit beim Tanzen, daß Herr Niemann vom Nachbartisch laut gesagt hat: Wo kann man mit der tanzen! Sie macht einem die Krähenaugen blau und grün. Hat er gesagt! Herr Niemann von nebenan. Nun kannst Du Dir ein rechtes Bild machen, was sie fürne Füße hat!

Ich bin oftmals mit Karlen auf die Dielen gewesen und von vielen Damen und Herren ziemlich geäugt, was mein Kleid macht und meine Figura. Hat auch Karlen gesagt, daß ich ihm den Stolz geschwellt habe.

Wenn Du mal auf Ball bei Excelsior Pneus bist, mußt Du auch denken, Du bist die Prinzessin von Braunschweig-Lüneburg und den Busen recken, den Bauch rein und Peau-Peau (Po-Po, Anm. des Herausgb.) raus, daß beim Kartetschen-Galopp die Herren von Schöpfung ihre Hände so richtig plastrieren können, was man merkt und sehr schön für das Gefühl an sich ist.

Dann ist Herr Kammersänger gegangen und alle sind von den Plätzen und haben ihm eins plaudiert, daß er gedienert hat wie Plaut in Uelzen, wenn Du für mehr als fünf Mark bei ihm gekauft hast.

Karlen sagt, alle Kammersängers machen das so. Es muß ein edler Stand sein wie Baron oder Graf. Wenn Du auf die Gesellschaft kommst, achte auf dieselben. Mit denjenigen kannst Du sehr ins Geschäft kommen!

Dieses wollte Dir heute berichtigt haben Deine Schwester Julie.

Harburg, den 8ten Junius 1905

Liebe Martha!*

Deines Gedenkens freut sich die Antwortende! Leider nur in gewisser Kürze, weil wir heute Abend bei Goldschmidts Großessen machen für Herrn Kammersänger Niemann von

* Martha = Freundin Julchens in Rosche. Kammersänger Albert Niemann, Mitglied der Königlichen Hofoper Berlin, 1831–1917.

Majestäts zu Berlin. Es ist ein großer Herr und ich muß das neue Grauseidene anziehen, was ich von Frau Fabrikantin zu Ostern geschenkt. Deswegen will ich schließen und Dir Valet sagen. Deine Julie.

Liebes Emmakindchen!
Noch schnell einen geschriebenen Kuß, weil ich weiß, was morgen für ein Tag ist! Ich küsse Dich von ganzer Seele und Du sollst an meinem Busen für alle Zeiten gesegnet sein.

Wir sind heute auf beste Gesellschaft mit Herrn Kammersänger Niemann aus Berlin. Es gibt Fasan und Weinsoße und Schnecken und Bitterlinge in Dill. Aber keine Schnekken wie bei der Heuernte mit Schleim und Hörnern. Sie kommen von Frankreich und sind so fett wie alle Franzosen!

Bleibe fromm und voller Demuth und denke an Deine Zuckerjule.

Lieber Willy!
Mit Poste directe kriegst Du das gewisse Buch, obwohl es nicht schön ist. Ich schreibe in aller Kürze, da ich mich noch von gestern erholen muß, wo wir bis vier Uhr nachts Herrn Kammersänger Niemann auf Unterhaltung und Fettessen gebracht haben. Schmolle mir nicht! Dein Schwesterlein.

Berlin, Februar ... 1908 (?)

Liebstes Emmakindchen, Susepute, Goldkringelein!
Es estimiert mich tausendmal, daß Du für mein Verständnis von Herrn Kammersänger B. so eingenommen bist und mich

nicht schiltest, daß ich mich in denselben mit Liebe verfangen. Er ist von wirklich schöner Grazie und meidet hinfort alle anderen Damen von Stand und Unstand. Er hat mir gesagt, daß ich ihn estimiere und sogar von allgemeiner Wirkung auf seinen Tängt (Teint, Anm. des Herausgb.) und Figura bin. Siehste woll! Morgen geht er mit mir auf Leopolten seine Retoute, was sich alle treffen, welche in Musik und allgemeiner Kunst machen. Darüber schreibt Dir zur gänzlichen Ausführung Deine liebe Julie, mit Herz in Flandern!!!

Willy Schrader
bei Herrn Fabrikanten Gurchthaler
Berlin
Bornholmerstraße 12, den 8ten Mai 1908

Liebste Emma!
Eisern sei der Mann, edel und hilfreich! Ich bin es nicht, was den Auftrag anbetrifft, welchen Du mir, liebstes Schwesterlein im Hinblicke auf unsere liebste Julie gemacht hast. Ich kann ihr in diesen Dingen nicht beikommen, denn sie läßt sich nicht bereden und hat ihren Kopf ganz für sich. Ich finde es auch nicht richtig, daß sie überall mit Mannsbildern herumlustiert und nichts Festes unter die Füße kriegt. Dabei macht sie soviel Furore, dichtet und schreibt und hat Aufmerksamkeit, aber die verfluchte Liebe ist ihr nicht auszutreiben.

Was den Herrn Kammersänger Burrian anbetrifft, so kann ich es verstehen, daß sie in denselben vernarrt ist, denn er sieht sehr praktikable aus und ist ein guter Kerl, aber sehr flatterhaft. Friedrich hat erfahren, daß derselbe auch Bindungen nach anderen Seiten hat und mit noch mindestens drei Fräuleins in Belang steht. Ich gönne es Julchen nicht, daß sie wieder mit diesem Gecken auf die Nase fällt und erst dann wieder aufwacht, wenn der Traum längst geendet ist und Herr Burrian das Weite gesucht hat.

Es ist nicht gut, daß sie immer auf die Männer in Kunst geht. Sie mischt sich immer in gesonderte Verhältnisse, wo es besser wäre, daß sie sich auf einen Mann im Beamtenthume oder Oekonomie concentrieren täte. Aber damit bemengt sie sich nicht und ist immer auf das Specielle, was ich nicht ergründen kann. Nun sollst Du mich nicht schelten, liebste Emma, daß ich Julchen nicht ins Gewissen habe reden können. Ich schuf den Ansatz, aber das Werk blieb unvollendet. Ich habe ihr nichts Genaues gesagt und bringe dazu nicht die Portion Muthes auf. Was soll man machen? Sie lebt ihr eigenes Leben und findet es so richtig, wie sie es verbraucht. Wollen wir sie da richten? Es ist das Schicksal, das sie selber richten wird, so daß wir uns nicht mit ihren Dingen und Liebschaften bemengen sollten. Sage nicht von alldem an Grummuttee, daß sie nicht darüber noch die Anfälle kriegt. Julie ist ihr Goldkind und sie läßt nichts auf sie anbrennen. Achte darauf und sage auch nicht zuviel in der leidigen Sache zu Deinem Bernhard, denn es ist besser, wenn wir unter uns bleiben, was die Vorgänge hier zu Berlin anbetrifft.

Wenn ich den Burrian durch Zufall in der Gegend sehe, werde ich ihm auf akkurate Weise Bescheid thun und ihn fordern, daß er Julchen läßt. Aber ich sage dir: bei ihr hört die Liebe nimmer auf und wenn Du sie in eine Gummijacke steckst. Sie ist nun mal für die Liebe etzetera gemacht und gegen ihre Natur kommen keine zehn Pferde an.

Bedenke dieses und verschmähe mich nicht, daß ich so wenig Eifer und Muth an der Sache gezeigt. Dein Dich ewig liebender Bruder Willy.

(Kartengruß)

Wohlgeborenes Fräulein, mein Engel!
Diese Zeilen himmlischster Rührung sendet Ihnen ein Ertrinkender!!! Lassen Sie mich nie im Stiche und eilen Sie – wie abgesprochen – am Donnerstag in das erwähnte Restaurant zwecks Lunch und ...!!! Retten Sie mich! Ich gebe zu, daß ich brenne. Überall!! Mein Engel!!! Ihr Karel B.

(Solche »liebestollen« Mitteilungen regten Julie zum Reimen an. Im Frühjahr 1908 bedichtete sie »ihren« Kammersänger Karel Burrian mit fünf »Oden«, die uns Frau Margarethe von Kirchheim †, Stuttgart, übersandte. Frau von Kirchheim war eine Verwandte der einstmals berühmten Berliner Schauspielerin Eleonore M., Schwipp-Cousine unserer Dichterin. Aus der Stuttgarter Quelle kommen auch die vierzehn Briefe an »Lenchen«, die das nächste Kapitel unserer Publikation ausmachen.)

Er brennt ...!

Er brennt ...!
Oh, heiliges Feuer,
Das wohlig mich durchsiedet!
Wie lieb und teuer
Der edle Mann,
Selbst wenn er verab sich schiedet!
Er brennt ...!
In Flammen sein Wähnen!
Er singt die Ariens
Zum Lobe Mariens
Mit herrlichem Gähnen,
Um mich zu verwöhnen ...!
Er brennt ...!
Oh, lasset ihn brennen

Mit strotzendem Feuer!
Nichts soll uns mehr trennen,
Mein Karel . . .!
Wie fest Dein Gemäuer!!!

II

Karelmaus!
Komm heraus!
Strecke Deine Hörner raus!
Eiderdaus!
Mit viel Applaus
Grüßen wir den Liebesschmaus!
Stirne kraus?
Leber Laus?
Karelmaus!
Du ziehst mich aus?
Saus und Braus . . .!
Licht muß aus!
Donnerwetter,
Welch ein fetter
Kabeljaus!!

III

Wir grüßen Dich an jedem Orte
Ob Deiner hohen Sangeskunst.
Rechts neben dem Pianoforte
Verwaltest Du Gesang mit Brunst.

An Deinen Lippen hängen hundert
Weiberaugen, schmachtend und stumm.
Ich bin darob zwar sehr verwundert,
Doch nehm' ich dieses Dir nicht krumm!

Du dienst ja nicht nur mir in Nächten,
Wo sich die Liebe offenbart.
Nein, andere, die's auch so möchten,
Sind von der Kunst nicht ausgespart.

Ich seh' selbst Männer, die mit Glühen
Verfolgen Deinen Wagnerschrei!
Was die im Cutaway sich mühen . . .!
Man glaubt sie nicht, die Schweinerei!

Du bist von Genien umwickelt,
Ein Schwan des Sanges, edel, groß!!
Wär' ich von Deiner Lieb' zerstückelt,
Du bliebest dennoch ganz famos.

Hoch, Karel, der Du Töne gießest
Hinaus ins weite Erdenall!
Mit Verdi fast Du mich erschießest . . .
Doch Wagner ist nicht g'rad mein Fall.

Du singst von Liebe und vom Lenze,
Von Tod und Teufel, Übermut.
Was in Gedanken ich Dir kränze,
Das tut mir alleweile gut.

Ein Lorbeerzweig soll Dich nun schmücken,
Die hohe, schöne Sängerstirn!
Ich muß mich nach dem Garnknäu'l bücken,
Sonst ist verheddert mir der Zwirn.

Jetzt hab' ich meinen Faden wieder
Und spinne ihn zu Deinem Lob.
Mein Karel, komme recht bald wieder . . .
(Ob sich jetzt g'rad' mein Busen hob?)

Und sing' in stiller Kemenate
Mir solo eine Litanei.
Recht kräftig und auch delicate . . .
Und ich begleite Dich dabei!

IV

Ehrenvoll war dieser Abend,
Karelmänni, sehr für Dich.
Wie erquickend und wie labend!
Mancherlei verstand ich nicht.

Diese Oper ist erdrückend,
Dunkelhaft und ohne Glanz.
Doch Du . . ., Du warst ja so entzückend!!!
Eine prächtige Bilanz!

Das Konfect, das Du mir schicktest,
Habe ich total vernäscht.
Karel, wie Du mich beglücktest!
Ob Dir wer den Rücken wäscht?

Hohes c, es kam geflogen
Auf mich zu directemang!
Und es hat mich tief gebogen
Auf des Saales Zuhörbank.

Ach, ich hab' vor Glück getaumelt,
Weil es Dir so schön geriet.
Wo des Uhres Kette baumelt,
Hast Du trauliches Gebiet.

Karel, Sängerheld vom Osten,
Herrlich ist Dein Singorgan!
Ewig möcht' ich davon kosten,
Von dem edlen Marzipan!

Oper ... ja, man muß sie hören,
Wenn sie mir auch nicht viel beut.
Aber Du, das könnt' ich schwören,
Bist ein festliches Geläut'!

V

Oh, Held, ich muß Dich lassen,
Weil Du vondannen ziehst.
Auf fremden, kühlen Straßen
Du and're Frauen siehst.

Du wirst mich bald vergessen,
Weil and're Brust Dich labt.
Auf Dich war ich versessen,
Denn Du warst so begabt!

Du hast mich auch besungen,
Wie klang' die Stimme hell!
Nun ... alles ist verklungen ...
Selbst das Eventuell ...

Lenchen

(Die Schauspielerin Eleonore M. war Julchens Schwipp-Cousine. Sie entstammte einer berühmten Bankiersfamilie, mußte vor den Nazis fliehen und endete 1951 durch Selbstmord in New York.)

Harburg, den 10ten Mai ... ?

Liebes Lenchen!
Für Deinen Geehrten von der verblichenen Woche Dank, Dank, Dank! Was Du schreibst von wegen der Süffigkeit, die in Deinen Vater gekommen ist, kann ich leider nichts begreifen und noch keine directe Vorstellung nehmen. Wie Du es schreibst, ist es wohl über denselben gekommen wie der Heilige Geist ...

Ich kenne einen gewissen Düwel, welcher auch von der Frühe bis in die Späte auf den Genuß von Procenten aus ist, aber nicht so vornehm und gediegen wie Ihr. Kannst Du zu Deinem Herrn Vater nicht sagen, daß Süffigkeit gar nicht schön ist, auch nicht wenn man soviel Geld wie er hat? Grummuttee sagt, daß man auf die Süffigkeit kommt, wenn man unglücklich ist und sich keinen Vers davon machen kann, ob die Frau Gemahlin nach anderen Herren auspliert oder nicht. Die Männerei von Gemahlins hat schon manchen in die ungerechte Süffigkeit geführt, wovon sie marode und abgewirtschaftet werden, zuletzt keinen Pfifferling mehr haben und im Armenhaus bei Trockenbrot und Wasser verkommen. Dieses aber nimmt von Deinem Herrn Vater nicht an Deine freundliche Julie Fédore, Cousine.

Post S.: Dieses ist nicht allens, was ich Dir wollte mitgeteilt haben, aber die Zeit ist verflossen und ich muß wieder auf Wirtschaft bei meiner Herrschaft und kann erst abendlichen Datums wieder die Feder ergreifen. Ich lese jetzt »Minna von Barnhelm« und denke, daß ich davon lernen kann. Ich habe das Buch von meiner Herrschaft, die es noch nicht gelesen hat, aber im Bücherschapp steht, weil es wichtig ist, daß der Besuch die Minna sieht, auf welche alle gut zu sprechen sind, weil sie in Hamburg in Theatro auf der Bühne herumstibitzt.

Post S. Abend: Ich ergreife jetzt abermalige Feder, denn es ist nun Abend geworden und die Glieder sehnen sich allesamt nach der Ruhe. Tagesmühen sind dahin und man pliert nach dem Plümohe, welches zum Schlummern einladet. Ich bette mich aber noch nicht auf dasselbe, weil ich Dir, liebes Lenchen, versprochen habe, auch das andere zu schreiben, was nichts mit der Süffigkeit von Deinem Herrn Vater zu tun hat, aber auch in Deinem anderen Briefe gestanden hat. Ich weiß, daß Du auf die Bühne steigen willst und ein Drama machen willst, obwohl Du nichts nötig hast, was solch ein Theater betrifft. Sagt auch Emma, die Dich nicht begreift. Grummuttee sagt, es ist eine verkehrte Welt mit Theatro und gefährlich, daß die Männer von dieser Brangsche alle die Tollheit haben und kein Eheweib scheuen.

Cousin Karl hat einen gekannt, der vier Frauen auf einmal gehabt und ist nicht von der irdischen Gerechtigkeit geurteilt worden, daß sie ihn ins Zuchthaus gesetzt haben bei Wasser und Brot, sondern er ist herumgelaufen und hat zu seinen vier Weibern noch zwei genommen. Es waren ihrer Stücker sechs in seinem Hause und keine Polizei hat ihn auf den Kieker gekriegt. Jetzt hat er – sagt Karlen – schon acht Frauen und ist unersättlich, daß er noch zwei Stücker dazukriegt, was ich nicht verstehen kann, denn ein Mann ist kein Hahn, daß er zehnmal am Tage alles Federvieh durchtritt.

Wenn Du aufs Theatro gehst, siehe, mein Kind, daß Du nicht diesem Gewissen in die Finger kommst, daß Du nachher Nummero neun oder zehn bist. Achte Deinen Stand und fürchte niemand, auch den Gewissen nicht. Wenn ich mal Zeit habe, gehe ich in das Theatro, wo Du bist, daß ich Dich vermessen kann in Deiner Schönheit und Kunst.

So. Jetzt ist's genug! Das Werk vollbracht! Ich bete zu unserem Inri,* daß er Dich beschützen soll. Amen! Dein Julchen, zur Zeit in Harburg ...

Harburg, den ?. Mai 19 ... ?

Liebste Lene!
Ich freue mich, daß ich Dich gemüntert habe mit meinem Geehrten von neulich, aber ich kann nicht immer auf solche Länge, denn ich stehe in schweren Diensten und muß mein Brot verdienen und kann nicht schreiben als wenn ich der olle Goethe bin und nichts anderes tue als an meinem Geiste nagen, daß ich Wörter finde und Reime.

Wenn es mit Deinem Herrn Vater ist besser geworden, daß er die Süffigkeit läßt, hat es geholfen, dem Inri Dank, Dank, Dank! Aber manchmal kommt es wieder und dann hat er das Quartal, was schon sehr schlimm ist und oft zu Tode führt. Mein Onkel Hugo, welcher von der anderen Seite ist und nicht mit Dir verwandt, hat auch's Quartal gehabt und nachher Tellirium und ist eines Tags hinübergegangen in die andere Welt mit Kümmel und Weißbier, und er sitzet wahrlich nicht zur Rechten Gottes, von dannen er kommen wird. Er sitzet wohl zur Rechten des Saufteufels, Satan, und trinkt mit ihm noch immer Kümmel und Weißbier und wird gebraten und gefoltert, daß ihm am Jüngsten Tag wird Hören und Sehen vergehen und ist nichts aus Finsternis, Höllenqualen und Zähneklappern.

Ich habe Minna jetzt ganz gelesen, ist aber nicht so schön

* (= Jesus Christus)

wie die »Maus«, was sie jetzt in Müllers Ballhaus gespielt haben mit unserer Frau Fabrikantin als Prinzessin vom Königin-Luise-Bund, wo sie immer alle Jahr einmal Theater machen und nachher großes Essen haben. Die »Maus« ist ganz entzückend und wenn Du sie einmal spielst, denke dran, daß ich dieselbe auch schon genossen. Die Frau Fabrikantin ist mit schönem blauen Kleid von Kreppdeschien auf der Bühne gewesen, aber mit gewaltigem Busen und Schlappsäcke, daß ihr einige die Prinzessin nicht geglaubt, wie unser Herr Fabrikant, der immer gejuchzt hat: Meine Alte, meine Alte, eijeijeijei, was meine Alte da oben macht!

So. Nun will ich wieder schließen. Gleich gibt es Dinner. Der Magen verlangt was Festes.

Sei herzlich gegrüßt und gekost von Deinem Julchen.

P.S.: Die »Maus« ist von Robert Pickenpack, Dichter, Blankenese, und gibt es dieselbe bei Verlag Schlippe in Zwickau für eine Mark fünfzig Kuhrant.

Liebste Lene!
Es ist famos, daß Du in der Gesellschaft so stolz dahinschreitest wie die Königin von Rumänien, welche ich mit eigenen Augen genossen. Aber sieh Dich vor, daß Dich nicht der Hochmutsteufel in die Klafittchen kriegt und Dich killert, daß Du den Hochmut immer höher treibst und eines Tages die Nase nur noch bei Kaisers im Salonne hast, was aber nicht gut geh'n kann, denn Du weißt schon vom Märchen, daß auch der, wo erst König, dann Kaiser und Papst und auch lieber Gott gewollt am Ende wieder in seinem pp. gesessen.

Daß Du jetzt in das dramatische Theatro gegangen, kostet Dich große Mühe, aber Du muß wissen, wo Dein Platz ist. Jedermann weiß und muß wissen, wo er verbraucht werden will. »Siehe, ich lenke Deine Schritte«, sagt der Herr Zebaoth! Emma sagt, daß Du besser auf Deine Tallje achten sollst, indem dieselbe bei Dir gar nicht zu sehen daß man denkt, an neun Monaten fehlen nur noch zweie. Lenchen, Du hast doch nicht . . .?

Wenn Du hast, schadet es aber auch nichts, denn Du hast ja einen Batzen Geld und kriegst das Wurm schon durch. Vielleicht wird es ein strammer Junge und später Offizier, daß der Kaiser seine Lust an ihm findet.

Wenn es ein Mädchen wird, mußt Du sehen, daß sie nachher nicht zuviel Wind kriegt und daß die Beine nicht englisch wachsen. Sie passen alle nicht auf und es gibt zuviel englische Beine in Deutschland.

Schreibe mir, was ist. Wenn nichts ist, kannst Du es auch schreiben. Dann sage ich's Emma, daß sie sich auch nichts denkt. Es grüßt Dich Dein Julchen.

P.S.: Oberes weiß ich noch nicht aus directer Erfahrung, aber von bester Quelle, indem Magdalene Sutitt, meine Freundin, das Kind von einem Schneidermeister hat, als er ihr Maß genommen zu einem Kleide von Waschsammet mit Stricktallje.

Berlin, den 7. Mai 19 . . . ?

Liebes Julchen!
Immer bin ich zutiefst erfreut über Deine liebe Post. Aber Du darfst und sollst Dir nicht Dein hübsches Köpfchen zerbrechen und bitte: Deine Phantasie ist köstlich! Nichts dergleichen stellt sich bei mir ein. Ich mache große Fortschritte, was das Theater anbetrifft und kann mich in keiner Weise beklagen! Ich steuere auf das schwere Fach zu und hoffe, demnächst darin wirklich zu reüssieren. Ich melde mich dann, wenn alles im Flusse ist und sich eine Gelegenheit bietet, vielleicht sogar anläßlich eines Besuches über alles genauestens zu schwätzen.

Grüße mir alle Lieben und sei herzlichst und innigst umarmt von Deiner Eleonore.

Berlin, den 21. Juli

Oh, Du Liebe!
Für Dein hübsches Gedicht sei vieltausendmal bedankt! Wie köstlich, daß Dich der liebe Gott mit der hohen Kunst begabt hat! Mache nur so weiter, dann wirst Du womöglich hohe Stufen der Poesie erklimmen. Pardon, wenn ich heute nur in Kürze schreibe, aber mich nehmen schwierige Proben allzu sehr in Anspruch, Adieu, mein Liebes! Es herzt Dich unsäglich Deine Eleonore.

Berlin, den 9. September

Mein hübsches Cousinchen!
Diese Kartengrüße erreichen Dich von einem Ausflug in die nähere Umgebung von Berlin. Den Du links auf dem Bilde siehst, der ist es! Nicht wahr: Er ist schmuck und wert, daß man ihn liebt. Er läßt Dich – unbekannterweise – innigst grüßen und würde sich freuen, Dich mal zu sehen. Deine glückliche Eleonore.

Berlin, den 10. November

Mein liebend Herz!
Noch immer liegen vor mir Deine ansprechenden Zeilen, welche Du mir zu dem allerfreudigsten Ereignis übersandt. Oh, wie rührt mich alles an! Und daß Du es bist, mein Julchen, die mich so verwöhnt hat mit spelndidesten Gaben des Geistes . . ., dieses macht mich noch glücklicher als ich es ohnehin schon bin. Sei tausendmal umarmt von Deinem Norchen!

Liebstes Norchen!
Vorige Woche war ich bei der Emma und habe auch Grummuttee in bestem Zustande zu Suderburg vorgefunden, daß ich sagen muß: Unsere liebe Familie ist von einem gediegenen Kraut, welches nicht so leicht auszurotten ist. Emma und Bernhard kommen gut voran und machen famose Geschäfte, daß sie fast die reichsten zu Dorfe sind. Nur Herr F. W. Müller ist noch reicher. Kaufmann und sehr gebildet.

Im Augenblicke ist mir das Geschäft bei meiner Herrschaft sauer, denn wir haben die weißen Wochen und alles muß durchgestopft und nachgesehen werden von unten bis oben. Da sind sie doch sehr knickerig, daß sie den Barchent zehn Jahre hintereinander auflegen und wenn er durchgescheuert, daß sie erst dann neuen kaufen, wenn das Inlett durchkommt selbst wenn die Stopfung nichts gebracht hat. Madammchen liegt auf Barchent, welcher schon gar keiner mehr ist. Und ihre zwei Zentner haben alles durchgescheuert und wer weiß, wovon noch alles aus der Fassong geht, denn sie ist hitzig und ihr Herr Gemahl hat alleweil an ihr zu tun, daß er auch überall hinkommt, wo sie es will.

Meine Herrschaft ist sonst sehr günstig und auf mich gut zu sprechen, was davon kommt, daß ich immer ordentlich ins Geschirr gehe und überall meinen Mann stehe, wo es drauf ankommt. Es kommt hier auf vieles drauf an, weil sie viel Geld und viele Gäste haben und sehr gebildet sein wollen und mit allen Reichen der Gegend herumschludern und auch einen Baron in ihre Netze gekriegt haben, welcher Herr von Wintzingerode heißt und bei Lüneburg seine Herkunft hat.

Ich muß jetzt schließen, weil ich beim Herrn Fabrikanten den Staub vom Schreibtische nehmen muß und er sonst keinen anderen an sich heranläßt, daß von seinem Wertvollsten das Dreckige abgenommen wird. Er hat gesagt, daß ich würdig bin und soll kein anderer an seinen Kram heran. Indem ich mich nun diesem Briefe abwende, sage ich Dir Adieu, mein Norchen. Sei gekost von Deinem Julchen, welche Dir von der Vorsehung zur Cousine ist geben worden.

Suderburg, Mai 1911

Eleonore!
Ich lasse jeden Titel von Dir ab, weil Du diesen infamten Brief an Berliner Emma geschrieben hast. Wenn es mich juckt, dann muß es Dich nicht kratzen!!! Und wenn ich Dich wieder mal sehe, kriegst Du einen gallichten Spei von mir vor Deine Füße, daß Du weißt, was ich für Dich bin! Schäme Dich! Ich meide Dich und bist keines Blickes mehr würdig von mir. Julie Schrader, wohnhaft geht Dich nichts an!!!

Den 10ten Juli 1911

Liebe Eleonore!
Es ist schön von Dir, daß Du mit Deinem Briefe eine Aufklärung an mich getan hast; aber gesagt ist gesagt und geschrieben ist geschrieben. Berliner Emma hat mir den Brief gezeigt. Deine Sünde ist nicht getilgt, Du Gottlose! Reue soll Dich packen. Meinetwegen kannst Du Dich melden, wenn sie Dich gepackt hat. Julie.

September 1911

Liebes Lenchen!
Wie schön, daß Du mir »Sorglose Lebensart« geschickt hast. Ein schönes Buch, welches bildet und den Geist einnimmt. Ich danke Dir, liebstes Cousinchen und werde noch vor Weihnachten für Dich auf Revanche gehen. Adieu, Dein Cousinchen Julie Schrader.

Oelerse, den 8. Mai 1917

Geliebte Eleonore!
Eine lange Zeit des Schweigens liegt hinter uns. Allzu viel Gram und Dunkles ist über uns gekommen. Grummuttee kann den Tod Willys nicht verwinden. Auf dem Felde der Ehre ist er dahin, jung, allzu jung, eine Blüte – herrlich und schön – grausam vom Baume eben erwachter Erkenntnis abgerissen.

Ich weiß, daß Ihr nicht satt habt zu essen. Darum mit gleicher Post etwas Eßbares an Euch, das wir eingemacht haben in diesem Jahr und das Euch wohl munden soll. Hermann läßt Euch bestens grüßen. Er hat viel zu tun. Arbeit ist das Leben! Ich denke oft, daß es noch mehr sein muß. Was denkst Du?

Wir freuen uns, wenn Ihr bald schreibt. Vergeßt nicht Euer trauriges Julchen.

Oelerse, den 18. Februar 1922

Mein liebes, liebes Lenchen!
Kühler Rasen deckt das Grab unserer liebsten Grummuttee. Mit ihr, so denke ich, ist ein Teil meines Lebens dahin. Es geht mir nicht sehr gut. Ich habe Heimweh ... Ich weiß nicht, wonach. Ach, weißt Du, ich bin wohl zum Kanari-Vogel geboren, daß ich mich immer und ewig eingesperrt fühle. Deine Erfolge ... wie schön. Du bist groß, angesehen und herrlich. Die Photographien sind entzückend. Wir haben jetzt nicht das Geld, welche anfertigen zu lassen. Und Du würdest Dich wundern, wenn Du mein Gesicht erkennen würdest. Es nimmt ab wie ein alter Mond und wird runzelig ... und keiner mag mich mehr leiden. Oh, frage nicht! Dein Aschenputtel Julchen.

Oelerse, den 20. Dezember 1927

Liebstes Lenchen!
Wieder ein Jahr ist dahin. Mich peinigt dauerndes Kopfweh und der Rücken! Aber ich will nicht jammern. Feiert man schön und denkt an mich. Ich vergesse so viele Dinge. Herrn Steinrück kenne ich leider nicht, muß aber ein großer Mann sein. Wunderbar, Deine Erfolge!

Gedichte? Ich bin zu traurig. Sie werden nichts. Mein armer Kopf. Fragt nicht. Fragt nach nichts. Feiert schön. Seid munter! Euer armes Julchen.

Liebe Lene!
Danke für Deinen langen, langen Brief, der mir bange Winterstunden vertrieben hat. Morsch ist die Welt, dunkel alles. Der Arzt kommt zweimal die Woche. Hilfe? Von den Bergen, die ich weit sehe und nicht mehr überwinden kann. Hermann läßt grüßen. Der Kleine macht sich herrlich. Ein Lausbub! Euer Julchen.

Liebste, beste Leonore!
Ja, es stimmt. Über Emma mache ich mir große Sorgen. Leider kann ich nicht nach Hannover kommen. Ich bin gar nicht darauf eingerichtet. Meine Garderobe ... ist ländlich, nicht für die Stadt... Verzeih', wenn ich absage. Nicht traurig sein. Julie.

10. September 1929

Mein herziges, grundgütiges Norchen!
Du beschämst mich tief. Dreißig Mark!! Das sollst Du nicht! Bitte, nicht wieder tun. Ist gut gemeint, das weiß ich. Aber es ist mir nicht recht. Ich habe es Hermann verschwiegen.

Die Medizin kostet viel Geld. Und schlimm ist's: sie hilft gar nicht! Dank. Julchen.

Neujahr 1930

Liebstes Norchen!
Ein Jahr herum – wie das andere. Seid mir innigst gegrüßt. Die Hand zittert, leider. Ich schreibe Dir spät, aber Du weißt, wie es mit mir geht. Möge Euch das neue Jahr Glück und Segen bringen. Dem einen wird alles zuteil, dem anderen fehlt alles. Ich kann nicht mehr atmen. Was ich möchte, ist nur Ruhe. Ich habe Euch lieb! Euer Julchen.

Chasi-Chasa-Chasinchen . . . !

17.ten. November 1898, Ballenstedt am Harze,
Institut von Frau Madem. Amanda Knille-Kuhloo

Meine innige Chasine!
Wenn ich denke, daß es neun Wochen dauert bis mein Dito in Deine Hände langt, ist es doch eine weite Reise ins ferne Ameriko, wo sich Hasen und Füchse Gutnacht sagen! Ich glaube nicht, daß ich in meinen Zukünften einmal nach Ameriko wandel, weil es mir wegen Negers und Unsitte in die Augen sticht. Es ist gut, wenn Ihr keinen Umgang mit Negers habt und die Unsitte meidet! Frau Madem. Knille-Kuhloo sagt auch, daß in Ameriko sind Laster und Sünde und ist die ferne Welt gemacht für dieselben, wo der Mensch an sich Schaden kann nehmen und das wahre Himmelreich nicht findet.

Frau Madem. Knille ist nicht von alleine der Vorstand. Noch drei Damen zu Ballenstedt und sie ist deswegen »Knille und Comfort« und so was wie »Plaut und Co.« zu Ülzen. Man nimmt bei ihr sehr viel Bildung und kriegt immerzu Bratkartoffeln, schwarzen Kaffee, Goethe und Schillern.

Wer ist Archibald? So einen Namen hab' ich noch nie gehört, aber wird es auch mit Ameriko zusammen hängen, daß sie einen Christenmenschen so verkehrt benennen. Lenchen Sutitt sagt, daß sie bei sich in Perleberg einen Fridolin genannt haben, hat er später die Räude und den Veitstanz gehabt und ist davon selig im Herrn entschlafen. Mit den Namens ist das allemal ein Umstand, daß man vorsichtig sein muß und im Gebet sagt, daß kein Unglück über uns kommt, wenn einer Fridolin oder Archibald heißt.

Du kannst »ihn« man schön grüßen, aber sagen, daß er sich einen anderen Namen soll suchen und darum beten, daß der Herr ihm einen anderen schenkt. Wenn Du noch was weißt, kannst Du mal wieder schreiben.

Es grüßt Dich Deine Julie, Pensionistin, Ballenstedt/Harz.

Ballenstedt...

Liebes Sinchen!

Habe ich mir doch gedacht, daß was nicht stimmt. Wenn Dein Archibald nicht von christlicher Besinnung ist, sollst Du ihn lassen fahren dahin. Ich kenne viele von jüdischer Herstellung, auch Cousin Siegmund in Hannover, aber ich denke, daß Du ihn wegläßt und ihm sagst, er soll sich was schämen von wegen Jesus Christus und die genagelten Hände und Füße am Kreuze!

Du bist jetzt verlobt, aber noch nicht hat es zwölf geschlagen und Du kannst ihm noch sagen: Hinweg, Satan!

Grummuttee sagt, daß Jüdische schadet gar nix und ist es keine Schande, weil auch Vetter Siegmund und Onkel Hugo dieselben sind, aber ich denke an Herrn Plaut und seinen Buckel und kriegt Dein Archibald auch so einen wegen seiner jüdischen Natur an sich. Du kannst ihn nachher nicht mehr brauchen und denkst, daß er ein Affe ist oder ein Puma, welchen ich bei Ausflug nach Blankenburg gesehen, auch den Herrn Herzog im Schlosse, da er wohnet mit seiner Familie und seiner lieben Frau. Ich bin mehr für Herzog, aber nicht für Puma und Affen, weil sie keine Hoheit sind und nur Instinkt haben, daß Du sie überall riechen kannst. Frau Madem. Knille sagt, daß Instinkt der Glaube der Affen ist, aber ich denke nicht, daß sie an was glauben, zum Beispiel an Jesus Christus der Affen und Pumas, von welchem ich bisher nichts gehört und nicht denke, daß die Affens auch einen Jesus haben. Aber bei Gott ist kein Ding unmöglich und er macht wahr, was die Gerechtigkeit auf uns bürdet.

Wenn Dir Archibald wird gebürdet, so trage es als eine Last und er soll Dich nicht unterkriegen!

Du sollst ihn nicht grüßen, erst wenn ich weiß, daß er sich geändert und Du den Pantoffel anhast. Ich soll Dich von Emmakindchen schön grüßen und von Grummuttee, die wo eine jedwede Woche mit Brief an mich herantreten. Emma pliert auf einen, ist Kaufmann und schön in Schuß! Willy hat jetzt schon Anzug mit Schlitz und macht daraus wie ein richtiger Mann.

Mit besten Grüßen Deine liebe Julie, Pensionistin.

(Verlobungsgedicht »auf Chasine Driesselmann«. Besagtes Fräulein war eine Cousine Julchens. Sie heiratete in erster Ehe den späteren Admiral Lyonel Archibald Sousa Barrett-Hampton und in zweiter Ehe ihren Vetter zweiten Grades, Eliezer Seymour Driesselmann, Fabrikant und Seidenhändler zu Chicago.)

In holder Abendstunde,
Da hat er Dich gefragt.
Es kam aus seinem Munde,
Was Dir so sehr behagt.

Du bist jetzt Archis Dirne,
Er ist Dein Bräutigam.
Nun hat die saft'ge Birne
Den rechten Baumesstamm.

Kamst Du ihm gleich entgegen
Und hast ihm Kuß geweiht?
Es war Dir wohl gelegen,
Daß er Dich drall gekleiht!

Nun seht Ihr bald Altärchen.
Gibt's das bei Judens auch?
Es sträubt sich manches Härchen,
Am Kopfe und am Bauch.

Es läuten tausend Glocken
Euch Eure Liebe ein.
Und will das Glück mal stocken ...,
Es kommt schon wieder rein!

Sei immer schön auf Hute,
Wenn er zu Reisen geht.
So manches Weib, Du Gute,
Einsam am Wege steht!

Schlag' ihn nicht gleich Kadaver,
Wenn Du ihn mal erwischst!
Es sticht ihm nur der Hafer.
Ob Du ihn oft erfrischst?

Es schenke Euch viel Liebe
Herr Zebaoth, der Gott.
Er macht für Euch die Triebe
Wie auf dem Café Flott.

Sechs Kinder sollt Ihr kriegen,
Zwei Mädchen und sonst Jungs.
Dann kannst Du kräftig wiegen
Und zeigst Dich voller Schwungs.

Dein Archi soll Dich mäßig,
Nicht jeden Tag bemüh'n.
Denn: ist man zu gefräßig,
Kriegt man das Gallenzieh'n.

Es kommt jetzt Zeit von Rosen
Und Flieder über Euch.
Tut Euch nur kräftig kosen,
Das gibt den besten Zeug!

Grüßt mir auch die Verwandtschaft
Und sagt Ihr, wer ich bin.
Wie gern hätt' ich Bekanntschaft;
Ob ich den Faden spinn'?

Gutnacht, Du lieb's Chasinchen,
Gutnacht, Herr Archibald!
Was macht denn jetzt das Bienchen?
Es nascht im Honigwald!

Harburg, 11ten Mai 1905

Liebstes Sinchen!
Bei Euch muß der Klapperstorch aber auch immerzu ran. Schon wieder!! Aber Kinder sind was Schönes, was auch Willy meint, der Dich vielmals grüßen läßt. Er ist jetzt auch schon ein schöner Storch, weiß aber nicht, wo er klappert.

Wenn Dein Archibald Brand im Beine hat, soll er nicht soviel Kinder machen, daß sie nicht nachher auch den Brand in den Beinen haben. Ein gewisser Düwel hat Glupschaugen. Und jetzt haben seine Kinder auch Glupschaugen. Der Kaiser hat den kurzen Arm. Keiner weiß, ob seine Jungs nicht auch den kurzen Arm haben. Er hält ihn immer hinter. Und auch seine Jungs können ihn womöglich hinter halten, daß man's nicht sieht. Kurze Arme sind für Männer nicht schön, obwohl es manche Frauen gar nicht stört, ob kurz oder lang, weil der Arm nicht das wahre Leben ausmacht und man auch mit einem kurzen gut zurechte kommt, wenn man nur weiß, wo er sitzt und daß man nicht immer zu seinem Gemahl sagt, daß er einen kurzen hat.

Aber Brand im Bein ist schlimmer! Ist es der kalte Brand oder der warme? Wenn kalter, kannst Du einen Vers im Gesangbuch aussuchen, daß sie was zum Singen bei seiner Beerdigung haben. Der warme kann kuriert werden.

Mein Herr Baruch Goldschmidt hat schon zweimal den warmen gehabt und hüpft wie ein Wiesel umher, daß er kein Auge von seinen Geschäften und meiner Figura nimmt. Du siehst, der warme Brand ist nicht zum Tode und der Herr kann in seiner Allmacht jeden retten, daß er noch weiter seinen irdischen Weg durch Harburg oder Schikago nimmt. Ich will Goldschmidt mal fragen, was ihm geholfen und teile Euch dann die Tinktur gleich mit, obwohl es sehr teuer ist, an Euch zu schreiben.

Grummuttee hat jetzt Hitzepickeln gehabt und mußte auf Klistier und Aderlaß von Babutz (Barbier, Anm. des Herausgb.) Oberin gelassen werden. Emma geht es gut. Sie kommt jetzt in die Wochen. Es umarmt Dich Deine Julie Fédore, bei Herrn Fabrikanten Baruch Goldschmidt, Harburg...

Harburg, Junius 8ten, 05th!

Liebstes Sinchen!
Mit schönster Empfehlung von Herrn Fabricanten Goldschmidt sollst Du bei abnehmendem Mond Saft von ein Pfund Quecken, Salbei, Kranichwurz und Pfefferminze auf das Bein von Deinem Archibald tun. Wenn es zu Ameriko den Kranichwurz nicht gibt, kannst Du auch von Tarowurzel nehmen, was sie bei uns in der Apotheke aus dem Sack verkaufen.

Sollste mal sehen, was Dein Archi wieder in die Garnierung kommt! Herr Goldschmidt, Fabricant, sagt, daß Ihr es mindestens neunmal die Woche tun müßt, damit es den richtigen Zweck hat. Wenn Ihr es weniger tut, tut es lieber gar nicht, denn es hilft nicht und lockt den warmen Brand noch mehr heraus.

Warum schreibst Du immer ein th hinter die Zahlen von oben? Ist das bei Euch Uses? Es sieht hübsch aus und ich werde es jetzt auch tun. Willy sagt, es ist ein großer Unsinn, aber ich finde, daß man zeigen muß, mit wem man Verkehr hat. Herr Goldschmidt, Fabricant, hält viel von Eurem Land und meint, es ist für viele die letzte Zuflucht und er will auch flüchten, wenn seine Geschäfte mal nicht gehen. Aber jetzt gehen sie tüchtig und wir sind alle Tage lang voll Arbeit und das Haus geladen mit allerhand vornehmen Gästen.

Wenn es besser wird mit dem warmen Brand von Deinem Archibald, kannst Du wieder schreiben. Darauf freut sich Deine Julie Fédore, Cousine.

Madame Barrett-Hampton
Chicago Ill.
Irving Ave. 3456

Dear Julchen!
Verlegt haben wir Anschrift von Dein Schwester Emma. Willst Du uns sie gesendet? Wir wollen beschreiben, daß Emma ist jetzt losgeworden ein zweites Mädchen. Gratulieren. Schreibest Du uns bald?

Archi ist sehr für die Medicin, können wir hier aber nicht der Wurz kriegen und hat alles keinen Zweck. Was tun?

Du kriegst zwanzig Dollar und sendest uns Wurze von Apotheken für uns. Vielen Dank! Es grüßt Dich in Liebe Deine Chasine und Archibald.

Chicago, 21th o. November 05

Dearest Julchen!
Es ist jetzt eine schlimme Zeit für uns, weil Archi ist auf der Straßen gefallen auf Fresse und alles kaput. Oh weh!

Jetzt haben wir warmer Brand und die Fressen alle gewickelt mit Band und Stoffen. Kann nur der Mund sehen heraus. Ich schreibe, weil ich die Eile bin und denke, daß Du alles wissen willst, was ist. Grüße alle Verwandten und Mutter Schrader, Elisabeth. Soll sie sich um uns keine Sorgen machen. Deine Chasine.

Harburg, Erster Advent 1905

Liebster Willy!
Für Dein Paketchen habe besten Dank. Das alles wieder für mich? Ach, wie verwöhnst Du mich! Chasine schreibt, daß ihr Archibald hingefallen ist. Ihre Sprache ist nicht von feiner Bildung, was sie alle zu Ameriko nicht haben, aber nichts schadet. Man versteht sie doch. Wenn Chasine ihre sel. Mutter wüßte, was sie redet, ihr täten die Hände aus dem Grabe wachsen. Aber – Gott sei Dank! Es können keine Hände aus dem Grabe wachsen und das ist gut, sondern hätten wir auf den Kirchhöfen nichts als Hände, die heraussehen.

Zweiter Advent bin ich bei Schiffsreeder Grotenpfuhl, welcher hier sehr angesehen ist und mich wegen meiner Bildung bewertet. Er hat zu Madammchen gesagt, daß ich eine Zierde bin und bei ihm alles durch meine Anwesenheit verschönern soll. So will ich denn glänzen und es soll ihm wohl sein!

Dein Dich zärtlich liebendes Schwesterlein Julchen.

1905(?):

Was ist so bleich Dein Schöngesicht,
Oh, wonnige Chasine?
Sag', Schätzchen, woran es gebricht.
War einer Dir zu kühne?

Hat Archibald Dich etwa gar . . .!
Ich will daran nicht denken!
Dein Blick, derselbe offenbar
Ist kurz vor dem Erhänken.

Nun sei doch brav, mein Schnurrekatz'!
Lach' wieder und mach' Lächeln.
Ich will Dir gleich mit einem Schmatz
Schönwetter kräftig fächeln.

Was grämt Dich so, mein Herzelein,
Was trübet Dir die Miene?
Schnick-schnack! Jetzt kommt ein Scherzelein,
Chasi-Chasa-Chasine!

Es drückt Dir Deinen Kummer weg
Und legt's Gesicht in Falten.
Gar zuviel Trübsinn schafft Dir Speck,
Den Bauch verun Dir stalten.

Sei fröhlich, Kind, und singe spitz
Ein wundermildes Liedchen!
Das Schicksal öffnet seinen Schlitz
Und droht mit seinem Gliedchen.

Was ist das schon! Wir sind doch da
Und haben keine Ängste.
Läch'le, mein Kind! Hurra, hurra!
An bess're Zeiten denkste!

Hannover, den 19. 12. 1907

Liebes Sinchen!
Für ein Kurzes bin ich jetzt an der Leine. Es ist hier sehr famos und meine Bildung macht beste Fortschritte, indem auch Vetter Siegmund gesagt hat, daß ich jetzt zutiefst galant geworden bin. Was Du auf dem Bilde siehst, ist das Schloß. Hier hat das Herz von Hannoverland geschlagen und Bismarck hat es gemeuchelt! Wenn ich's sehe, muß ich weinen. Der arme König und blind und in der Fremde!

Wieso kriegst Du schon wieder ein Kind? Es ist zuviel! Wenn Ihr nicht aufpaßt, habt Ihr nachher mehr Kinder wie Vermögen. Es ist aber besser, man hat mehr Vermögen als Kinder. Wenn ich dereinst in den heiligen Stand der Ehe trete und die Lasten eines lieben Gemahls auf mich nehme, sehe ich mich vor, daß es nicht zu viele werden. Zu viele Kinder tragen auf und nachher ist man wie eine Schlampe, bei der alles hinten und vorne herunterhängt. Nein! Bei mir soll's nicht hängen! Niemals!

Das Bild von Eurem Haus ist sehr schön, aber der Giebel ist zu klein. Ein so großes Haus und ein so kleiner Giebel! Dann lieber überhaupt keinen und nichts als blanke Fassade! Wenn Ihr mal was wieder macht, reißt ihn runter.

Tante Marie läßt schön grüßen. Sie muß auf Onkel Karl aufpassen, weil er einer nachsteigt, die Claire heißt und auch so aussieht! Dieses für heute. Herzinnigst Euer Cousinchen Julie.

Paul, das Glühwürmchen

(Mit dem berühmten Berliner Operetten- und Possenkomponisten Paul Lincke hatte Julchen »losen Verkehr«. Sie traf mit ihm im Bremer Konsulshaus zusammen, in dem sie als Bonne engagiert war, und sah ihn später drei- oder viermal in Berlin und Hannover. Intime Beziehungen fanden nicht statt, obwohl sich beide »dieselben« sehnlichst gewünscht hatten. Wie die Kontakte zwischen Komponist und »Poetantin« aussahen, darüber geben zwei Briefe zum Thema Auskunft, die den Herausgeber während der Arbeit an diesem Buche erreichten und die dem Kapitel Lincke vorangestellt seien ... zwecks Erleuchtung des geneigten Lesers!)

Stockholm, den 15. September 1972
Sygmar Baron von Friedheim und Dahlen
Stockholm
Uplandsgatan

Geehrter Herr Dr. Wessling!
Sie stellen eine große Anforderung an mich, wenn Sie mich bitten, mir über das Kapitel Julchen und Paul Lincke den uralten Kopf zu zerbrechen. Aber ich will's tun, damit Ihnen und der Leserschaft der Korrespondenzen einigermaßen geholfen sei. Die Verbindung zwischen beiden reicht auf Julchens Bremer Zeit zurück, da sie bei dem Konsul N. in Diensten stand. Lincke knüpfte damals Beziehungen zu dem justement gegründeten Bremer Kabarett »Astoria«. Ich war mit

dem Besitzer dieses Kabaretts, Herrn Fritze, viele Jahre hindurch bekannt und wir haben oft über die Begegnungen mit namhaften Persönlichkeiten der Kunst gesprochen, so auch über Linckes Bremer Beziehungen.

Lincke war – wie man weiß – der holden Weiblichkeit durchaus geneigt, aber mit Julchen – glaube ich – kam er wohl doch nicht direkt zum Zuge. Dafür war sein Aufenthalt in Bremen zu bemessen. In den vielen privaten Gesprächen mit meinem Freunde Lincke, auch Julchen betreffend, kam dererlei nie zum Ausdruck.

Man traf sich später in Berlin durch den Kontakt, den Lincke mit Demuth und Gilbert hatte. Julchen brillierte in diesem Kreise: ganz allein durch ihr blendendes Aussehen und durch den naiven Charme, den sie ausstrahlte.

Lincke bewunderte sie, Gilbert umwarb sie... Demuth allein, der Zurückhaltende, hatte Erfolg, da er sich von ihr besiegen ließ.

Sie haben mir das Billett zugeschickt, das Lincke 1909 an Julchen sandte. Es ging vermutlich um jenes kleine Gedicht, daß die »Vossische« gedruckt hatte und an dem die »Sitte« Anstoß nahm. Meines Erachtens der einzige Fall, daß ein veröffentlichtes Gedicht Julchens von der Zensur verboten wurde. Da es, das Gedicht, Lincke besang, wandte sich Julchen händeringend an Meister Paul, der sich sofort für unsere Dichterin verwandte. Sie wurde freigesprochen.

Ja, bei zwei Begegnungen zwischen Lincke und Julchen war ich dabei. Zwischen Begegnung Nummer eins und Nummer zwei muß sich etwas zumindest Freundschaftliches ereignet haben, denn bei Nummer zwei hatten die beiden plötzlich das vertrauliche Du. Ich staunte und sagte es beiden offen ins Gesicht, worauf Lincke lachend erklärte: »Zwischen zwei Genies unseres Schlages gibt es gar keine andere Anrede!«

Er war stets sehr artig zu ihr, küßte ihr wohl galant die Hände und die Stirn, ließ aber nie die Vermutung aufkommen, daß es »mehr« geben könnte.

Mehrfach erlebte ich es, wie er ihr ihren Lieblingswalzer »Verschmähte Liebe« vorspielte und die wunderschöne Es-Dur-Passage aus dem Walzer »Berliner Leben«.

Mir ist nicht bekannt, daß er ein Gedicht Julchens vertont hat, obwohl er mehrfach davon sprach, es zu tun. Hingegen hat Emil Ascher, was Sie ja wohl inzwischen wissen, drei Gedichte Julchens in einem Zyklus vertont: »Sei bedankt, Elvira-Täubchen«, »Kumulus war eine Wolke« und »Himmel, laß' es Donner regnen!«. Davon Abschriften anbei. Sie wurden in Anton Hoffmanns Musicalien-Verlag 1910 herausgebracht.

Das wär's zum Thema Lincke. Ich hoffe, Ihnen damit gedient zu haben.

Mit schönsten Grüßen und einem Diener für die Frau Mama, Ihr Sygmar Friedheim.

London, den 21. November 1972
William Alfred Salomon
London
Aubrey Walk

Lieber Berndt!
Aus den bei mir vorhandenen Briefen geht nicht hervor, daß auch Lincke zu den Liebhabern von JS gehörte. Ich füge drei Abschriften bei, in denen er erwähnt wird. Aber daraus ist nichts zu schließen ... Manchmal schoß sie über ihr Ziel hinaus und dichtete sich auch wohl ein Verhältnis an, das sie gern gehabt hätte, aber nicht hatte. Kein Wunder bei ihrer blühenden Phantasie. Also: Fehlmeldung! ...

September 1909

Lieber Willy!
Jetzt schießen sie wie aus einer Kanone, weil Herr Fleischmann zu Berlin mich in die Zeitung gebracht hat. Ich soll zum Gericht und sie wollen mich in die Paragrafen bringen, daß ich von Sünde und Kot gedichtet hab'! Ich hab' aber nicht dasselbe gedichtet, nur den Anstand und die Liebe als solche. Wo ist da Sünde und der Kot?

Sie sind allemal Sünder, große! Nur der Neid macht sie so bissig, daß sie wie schreckliche Töhlen über ein armes Menschenkind herfallen, es zu zerreißen und in den Unflat dieser Welt zu stoßen. Ich gehe jetzt zu Herrn Kortzhagen, Notarius, welcher mich durch das Unselige des Alltags begleiten und vor die allgemeine Rechtfertigung bringen will. Er ist sehr nett und von juristischer Bildung. Er hat gesagt, daß ich auch an den Meister schreiben soll. Ich hoffe, er wird's wohl machen! Der Herr Zebaoth stehe mir bei!

Wenn Du mir helfen willst, so schicke zwanzig Mark Kuhrant für Herrn Kortzhagen, denn er will auch satt werden und kann nicht von der Luft der Gerechtigkeit leben!

Es umarmt Dich Dein Schwesterlein Julchen.

Berlin ...

Liebste Freundin!
Für alle Eventualitäten bin ich in diesem Falle da!
Paul Lincke.

Liebster Willy!
Gott sei Dank!

Herr Kortzhagen und der Meister haben die Schande von mir genommen, daß ich keinem schändlichen Urteil bin unterworfen und als freier Christenmensch meinem Tagwerk kann nachgehen. Ich schicke Dir, was sie von der hohen Behörde an mich gewiesen haben.

Herr Kortzhagen ist mit fünfundzwanzig zufrieden. Ich schicke Dir fünfzehn wieder zurück.

Sage nichts Grummuttee und Emma, daß sie nichts merken.

Wer aber in des Herrn Herrn Hand ist, der ist zufrieden alle Tage. Amen!

Deine Julemule, wieder mit Lust!

(Das anstößige Gedicht:)

Es biegt sich eine Linde,
Sie biegt sich zu Berlin.
Wenn ich sie heut' noch finde,
Eil' schnell ich zu ihr hin.

Ich will an ihrem Ständer
Mich halten ewig fest.
Oh, Du mein Heilsgeländer,
Mein blühender Podest!

In Deinem Schatten säuseln
Mir tausend Lieder zu.
Du schaffst ein süßes Kräuseln
Vom Halse bis zum Schuh.

Wie tut die Linde heißen?
»Paul Lincke«, Komponist!
Will seinen Stamm laut preisen,
Ihr Leser, daß Ihr's wißt!

Sein Ast reicht bis nach Osten,
Reicht bis Ameriko.
Von seinen Früchten kosten ...
In dulci jubilo!

Er grünt und blüht Dir immer,
Denn er hat Ewigtrieb.
Salon und Krankenzimmer,
In beiden ist er lieb.

Paul Lincke ...! Meine Linde!
Du biegst Dich zu Berlin.
Wenn ich Dich heut' noch finde,
Eil' schnell ich zu Dir hin.

(Die Feuilleton-Redaktion der »Vossischen Zeitung« wollte den Spaß ihren Lesern nicht vorenthalten. Die Verbreitung des Gedichtes wurde »förmlich« verboten. Julchen kam ohne Strafe davon. Lincke und seine Freunde amüsierten sich königlich. Das Gedicht wurde in Abschriften weitergegeben. Otto Julius Bierbaum erhielt es ... und ließ es prompt in seinem Kabarett von Kurt Gerron aufsagen. Später haben Freddy Sieg und Hubert von Meyerinck mit diesem »Stück«, vertont von Stefan Weintraub, großen Erfolg gehabt.)

Bremen ...

Himmelsknabe Edelstein! (Julchens Bruder Willy)
Es sind keine neuen Moden, wenn einer sich benimmt im Bette, als wäre er in der Arche Noahs und kann die vierzig Tage nicht nach draußen. Da haben wir den Herrn W. (Mit Rücksicht auf die Nachfahren des Herrn W. bringen wir seinen werten Namen in Abkürzung, Anm. des Herausgb.), welcher wohl ein wenig schwach auf der Blase ist, denn jeden Morgen machen die Mädchen ein Geschrei, daß er genäßt hat. Nun sage mir, was sind diese Ganz-Reichen und Ganz-Vornehmen fürne Sorte Mensch, daß sie nicht einmal über Nacht das Wasser richtig halten können!

Er sieht mir auch so aus, daß er manches andere nicht halten kann. Da machen die Reichen sich Kinder und was dabei herauskommt das sind elende Schwächlinge und solche Kümmeltürcken wie Herr W.! Ich danke Gott auf Knien, daß er uns nicht so gemacht hat!

Was sich sonst tut, ist auch nicht von Belang, aber doch ganz angenehm. Ich will noch davon berichten, was wir um Ostern gemacht haben. Der dunkle Schleier des heiligen Karfreitags hat sich an die Seite gezogen und ist das freundliche Gesicht des Osterfestes erschienen, da hat die Frau Konsulin Personals und mir nahegelegt, daß wir uns kräftig um Küche und Sauberkeit mühen, weil Herr Compositeur Lincke den zweiten Tag des schönen Festes zu Gast sei, was alles in gewisse Fiebrigkeit und Aufbringung versetzte, denn dieser Herr und Mann gilt zum Ersten als ein höheres Etwas, zum Anderen auch als ein wundersames Geschenk der Natur, was ich damit sagen will, daß er ein Mann von besonderen Gaben und wundersamer Nützlichkeit für die zierliche Frauenwelt ist!!!

Lincke und Ostern! Oh, stolze Brema, kränke Dich, daß Du verblichen und nicht spürst, was Männertugend und Frauenhoffen ist, denn Du bist tot und Stein und hast keinen Puls, welcher bei mir seit der Ankündigung der Frau Konsulin in gewisses Rasen geraten. Ich kenne Paul, den Gott, aus der »Gesellschaft«. Und ein Gott ist er in seiner ganzen Contenance! Vivat, vivat, mein Ich, Du siehst ihn, dessen Bartes Zier allein schon die Glieder der Schmachtenden zittern läßt wie der warme Wind von Ozon die unblätterigen Äste der herbstlichen Birke auf dem Felde und der Heiden. Göttlicher Paul, benetze die Ohren Deiner Jüngerinnen mit den Tauperlen Deiner göttlichen Melodeien. Dein ist mein Herz ... und soll es ewig, ewig, ewig bleiben!

Ja, das kam über mich und uns, lieber Willy, und Du kannst Dir kein Beispiel davon nehmen, was für eine gewaltige Art und Weise von estimierter Aufregung uns in alle Glieder und was dazwischen ist gefahren. Ich will nur sagen, daß ich auf Schritt und Tritt dichten konnte und noch viele Reime zu Papiere gebracht, wenn ich Zeit und Papier gehabt. Wonnen! Wonnen, die mein Herz versengen wie die Flamme die Federn und Mausern der Hühner und Puten, die wir zum Osterfeste geschlachtet, gut ausgenommen und an herrlicher Tafel verspeist haben. Und Lincke hat gespeist! Es ist eine Freude, ein Genie so essen zu sehen. Jedes Fleisch und erlesenes Gemüse, das vom Pieke seiner Gabel ergriffen, von starker Hand mit dem Messer geschnitten, muß ihn preisen und sagen, was er für ein großes Genie ist. Wenn Du ihn einmal nur siehst, lieber Willy, kannst Du nicht mehr von ihm lassen. Es drückt Dich allerorten und Du bist ein Ballon, der so voll Luft ist, daß er jeden Moment platzt.

Wonnen! Ich habe den göttlichen Paul genossen mit all seinen Eigenschaften. Dieses, liebster Willy, vertraut Dir an mit sehnlichster Erfüllung und Dich an ihr Herz mit Schmerz und höchster Lust drückend, Deine Schwester Julie, jetzt mit Herrn Compositeur Lincke, Berlin, eingehend bekannt!

Bremen, den 28. Mai 1909

An die geneigte Frau Hofopernsängerin
Ida von Scheele-Müller
zu Berlin
Hofoper Se. Majestät des Allergnädigsten Herrn Kaisers
Auf die Persönlichkeit abzugeben!

Meine liebste, allerliebste Frau Ida!
Es gebricht mich, Ihnen diesen Brief zu schreiben, weil Sie mich letzthin auf die Notwendigkeit eines solchen durch Ihre liebsten Zeilen vom Charfreitage gebracht haben. Ich bin

voll größtem Danke an Sie und noch immer in größter Anbetung vor Ihrer ordentlichen und allergrößten Kunst, die zu genießen mir hier in Bremen vermehrtest die Gelegenheit gegeben worden ist. Ich danke auch in meinem ehrlichen, leider nicht so hochstehenden Namen für die lieben Grüße, die ich durch den Brief an unsere Frau Konsulin erfahren habe. Dank! Es ehrt mich alles.

Was Sie im zweiten Teile mich lassen wissen, ist mir von geneigtester Zustimmung. Man muß die Männer an die Kette legen. Man muß sie kirre machen, man muß sie versklaven! Das ist es! Und nichts anderes. Sie müssen einem aus der Hand schlecken. Ich finde es wirklich besser, wenn die Männer schlecken, obwohl es ja eine bessere Art sein soll, wenn die Frauen schlecken, weil in der Bibel geschrieben steht, daß die Frau dem Manne untertan sein soll. Wenn nun aber er schleckt, so ist das gegen den Befehl des lieben Gottes, sagen sich manche. Drum: Lasset sie, die Jungen, die Kühnen und Stärkeren, schlecken, auf daß es uns wohl ergehe auf Erden!

Was Sie von Herrn Lincke schreiben, geht mir sehr zu Herzen! Ich habe seit langem musikalischen Verkehr mit ihm. Wahrlich, wahrlich, er ist einer der besten, die ich kenne. Leo Fall, schön und gut. Aber Lincke...! Ich höre nur ein paar Takte von ihm und schon geht das rotwangige Glühwürmchen, das in der Nacht leuchtet, auf Liebesfahrt.

Ich bin unsrem lieben Herrn Kaiser übrigens sehr dankbar, daß er Sie nicht aus seinem Institute hat gehen lassen, indem Sie ihm Ostern in der Oper mit »Aida« ein Ei des Sanges gelegt haben. Ja, wir hatten dafür den göttlichen Paul bei uns, die große, herrliche Berliner Linde, säuselnd, mild und duftend! Es war so herrlich wie im Garten Gethsemane ohne die Leiden des Herrn Zebaoth! Ach, wenn man mit ihm, mit Paul, den Kelch zur Neige leeren könnte! Aber... wer kann das?

Sie sind so klug und weise! Ist Ihnen, liebste Frau Ida, ein Rezept bei Gelegenheit unterlaufen, so wäre Ihnen sehr dankbar Ihre Julie Schrader, wenn Sie's ihr mitteilen würden. Ist es in den Zutaten nicht zu teuer, so will ich's denn gleich probieren.

Ich grüße Sie vielmals und will es gerne bei Gelegenheit tun, daß ich Sie, verehrte Frau von Scheele-Müller, Hofopernsängerin, zu Berlin im Institute des Herrn Kaisers, Majestät, aufsuche. Aber bis dahin ist es noch eine Weile, denn Berlin ist weit von Bremen und ich sehe das Land nicht, zu dem ich hingeschifft werden kann. Aber mich dürstet, daß ich das gelobte Land Berlin erreiche. Mit Gottes und meines Bruders Willy Hilfsseligkeit.

Nochmals: Ich bin die Ihrige. Julie Schrader, per Adresse Konsul F., Bremen, Contrescarpe (schöne Straße, wie Sie wissen!)

P.S.: Das Bild von Ihnen ist eine einzige Augenweide! Ich weide mich immerzu und kann meinen Blick nicht wenden. Wie schön, wie schön! Mein Herz hüpft und ich denke, daß ich alles geben würde, was ich hab', wenn mich der Herr mit ebensolcher Schönheit segnen würde. Vielleicht wächst es sich noch zurecht!

(Brief aus dem Nachlaß Julchens, vermutlich an den Adressaten nicht abgesandt:)

Liebster!
Reicht mir einer den Ysophschwamm, um meine trockne Zunge zu benetzen? Ich bin gekreuzigt durch ihn! Niemals zuvor sah ich einen solchen herrlichen Knaben von Mann. Er wiegt an die zwei Zentner lebend Gewicht und wäre schon eine süße Last!

Und er heißt Paul! Ach, Paulimännchen!!!

Der große Gott hat ihn so propper und schier gemacht, damit auch nichts an ihm fehle, gar nichts! Sein Anzug ist von feinstem englischen Tuche, mausgrau. Die Beinkleider sind nach Grünlichem hin, was auch Mathilde (Tochter des Bremer Konsuls, Anm. des Herausgb.) in Aufruhr versetzte, denn wer wird nicht von katholischer Sinnlichkeit befallen, wenn sich ihm grünliche Mannsbeinkleider entgegenstrekken! Da fällt um mit Krachen und Schnaufen, was sich weibisch auf Erden tut.

Dieser Meister Paul wirkt auf Dich wie der frühe Rettich, es stößt einem immerfort nach ihm auf ... und Du kannst es nicht ändern, auch nicht durch Glaubersalz und Klistiere. Sein Bart ist ein verquerter Violinschlüssel ... wie ich ihn von Mademoiselle Plühmann zu Ballenstedt am Harze gelernt habe. Ach, auf welche Notenlinien hat er ihn denn wohl schon alles gedrückt? Warum heißt meine Bettstatt diese Nacht nicht Paul, warum mein Kopfkissen nicht, mein Laken? Warum verwandelt sich mein Plümoh nicht in ihn, daß ich ihn erdrücken könnte mit der Wölbung meines eleganten Corpusses? Man sollte Geister und Götter anrufen, ihm zu opfern, was zu opfern ist.

Frei will ich mich ihm opfern mit allen Zutaten, die zur schönen Torte dazugehören, daß er näschen kann von all den Zierden und seine Zunge netzen kann mit Mandelparfum und Streuseln und Liebesgelée!!

Was eine Welt! Durch Paulen hat mir das Schicksal wieder eine Nessel zwischen die Beine geworfen. Welcher Balsam soll den großen Juckreiz heilen? Diese Böcke, diese Quecken von Männern! Kaum ist der eine weg, da wächst Dir schon in voller Pracht der andere entgegen. Mach' einer was dran. Ich kann nichts gegen das Wachsen und Wuchern tun. Ein arm' Pflänzlein bin ich, daß bald von den Unkräutern erdrückt wird. Queck' umschlingt's Gänseblümchen, drückt ihm die Luft ab und frißt es auf. Hinfort, hinweg! Ich bin gewesen. Paul hat mich zertan. Ein Götterpaul, den es nicht zum zweiten Male auf dieser wilden Erde gibt. Ich will mich ihm beugen. Ganz. Und meine Gänze soll ihm willfahren dahin. Oh, mein Paul, mein Paulimännchen! Valet alle anderen Männer, Glühwürmchen gehet nun auf

Liebesfahrt! Valet, Valet will ich Euch geben! Valet! Ich valetiere Euch, ich, Euer Julchen!

Bremen ... (?)

Liebe Lisabeth!*
Es ist eine lange Zeit verstrichen, daß ich Dir geschrieben habe. Aber es kommt nicht darauf an, daß man so oft und lange schreibt. Man muß an den anderen denken, und ich habe viel und oft an Dich und Deine Lieben gedacht.

Wenn auch das Denken mir manchmal schwer fällt, denn ich bin sehr in größter Affectation mit sehr gebildeten Herrschaften zu Bremen, wo ich Maß nehmen kann am Stande meiner eigenen Bildung, so denke ich doch, daß ich Dir schreiben soll. Meine Bildung ist sehr weit ... wie auch Herr Compositeur Lincke von Berlin gesagt hat, daß ich jedem das Wasser des Geistes reichen kann. Ich habe es zu Ballenstedt am Harze getrunken und in dem Umgange mit vielen berühmten Menschen, auch Prinzen und einer wahren Königin genossen. Herr Lincke ist auf mich getreten, daß ich in Poesei und besten Worten der Kunst und dem wahren Geiste dieser Welt dienen soll. Ich diene! Jetzt werde ich wie Du auf die Littaratur gehen, aber ich will's im Geheimen tun, denn die Menschheit ist blind und duhn und kann nicht gleich das Beste vom Schlechten scheiden. Ich aber und mein Geist wollen das Beste, denn die Littaratur ist schwer, aber nicht so schwer, daß ich sie nicht vollbringen kann.

Ich melde mich weiter, wenn ich in der Littaratur so bin, daß ich mich in der Welt kann sehen lassen. Dann siehst Du mich auch, meine liebe Lisabeth. Für heute umarmt Dich und kriegt Dich in der Lust Ihres Herzens unter Deine Julie Fédore, mit Littaratur gesegnet.

* Elizabeth Lennon-Cage, Schriftstellerin (1869–1942), schrieb den berühmten amerikanischen Roman »Cabott-Lodge«. Angeheiratete Cousine Julchens.

P.S.: Herr Lincke ist der Vater von »Frau Luna«. Sehr schön! Mit dem Balonne geht's zum Mond, wo sie herrlich singen.

Bremen ...

Liebster Willy!
Du fragst, wer diese Frau Luna ist. Es ist nicht die Gewisse von Meister Paul. Göttin des Mondes ist sie! Du mußt Dir die Operette einmal ansehen, dann weißt Du alles über sie. Hier in Bremen hat sie etwas dicke Beine und zwischendurch das laute Jappen (etwa: asthmatisches Husten, Anm. des Herausgb.), was davon kommt, daß alle Bühnenweiber hier zu Bremen sehr dick und wie Säulen von den Füßen sind. Das schadet aber nichts, denn es kommt auf das Singen an und nicht auf die Beine und Füße, was auch Frau Hofopernsängerin von Scheele-Müller sagt (Ida!), die von guter Stimme ist, es aber auch in den Beinen hat, Frau Luna nicht singt, weil sie von Oper ist, nicht von Operette. Nun weißt Du alles!

Grummuttee hat schon wieder das hitzige Fieber. Du kannst ihr zweimal Hingfongtropfen und Saft von Citrulle schicken, was hilft. Kostet drei Mark Kuhrant, was Du ja hast, ich aber nicht, denn ich muß alles für die Bildung ausgeben und Bücher kaufen zum inständigen Belesen, damit mein Geist leuchtet.

Er leuchtet auch für Dich! Es grüßt und kost Dich Dein Schwesterlein Julie.

P.S.: Sage auch Fritze Ebert, daß er zu Berlin auf Frau Luna geht, damit er weiß, wie es auf dem Monde ist und nicht soviel in Sozialdemokratie macht. Wenn er Frau Luna hört, kann er in sie verliebt werden und das Verrückte lassen!

P.S.: Schicke auch Hingfong an Emma. Sie ist jetzt so quiddelig, daß sie einen ruhigen Tropfen braucht! Das kommt vom Frühling, der auch in sie geschossen ist. Ist er in Deinen Körper geschossen? Wenn ja, drängel ihn nach hinten, daß er Dich vorne nicht allzu sehr aufmöbelt! Bedenke dasselbe, denn der Frühling hat in seiner Hitzigkeit schon manchen übers Ziel schießen lassen, daß er am Ende Federn mußte lassen und den Herbst herbeigesehnt hat, der Kühle und Nässe bringt, damit das Fieber sinkt und die Besinnung zurückkehrt.

P.S.: Frau Luna ist um die vierzig Jahre alt, aber noch voll Zucker. Ernestine aus Barmen sagt, daß sie jückigt ist, was soviel heißt, daß sie's faustdick hinter den Ohren und noch woanders hat.

Liebste Emma, mein Seelchen, mein Koseschlingelchen!
Ja, ich rippele! Einer hat mir den Faden gezogen. Jetzt läuft die Masche. Ringsherum. Es hat keinen Zweck mehr, denn ich falle wie mein Mäschchen, immer tiefer, immer weiter zu Boden. Auf demselben hockt mein Wonnepaul, um sich die Stiefeletten anzuziehen, die ihm im Wege sind. Jedes Ding hat seinen Zweck in der Welt; doch ich habe im Augenblicke nicht den rechten Zweck, denn der meinige wäre, nur noch mit Paulen zu komponieren – viele, viele Strophen und immer den gleichen Refräng. Gewiß, es ist immer so gemacht, daß der Refräng immer der selbe ist. Du kannst anfangen, womit Du willst, es reimt sich alles, alles in der Weise, wie es schon bei Adam und Eva war.

Paulen ist ein sehr gediegenes Frühlingsfest. Er ist da und doch nicht da. Du hast ihn, aber nur in der Phantasia, welche im Augenblicke ganz nah ist, dann schon wieder weg, daß Du nicht weißt, ist es alles richtig oder falsch, bloß Traum oder doch die Wahrheit, die Dich aufbalzt und Du kannst dann nur noch in Liebe machen, bist ganz vernarrt und weißt nicht am Tage, welche Stunde Dir schlägt, auch nicht in der Nacht, welcher Stern leuchtet oder welcher

Mond. Alles ist durcheinander und Du bist nichts als ein Böhnlein vom Cafée, durchgemahlen und durchgestoßen durch das Gewinde der Schicksalsmühle in der Küche der Nornen, welche schlechte Damen von größter Falschheit und Hirngespiensten sind, Dich verfolgen und Dir alles neiden, auch die schönen Männer, daß bloß die häßlichen und die mit dem dicken Bauch und gelben Zähne für Deine Bedürfnisse überbleiben. Ach, es ist schlimm, wenn Du bei den Nornens in Kreide stehst. Dann bohren sie Dich den ganzen Tag durch und durch, daß Du am Abend bloß noch von Löchern und Ritzen bist, aus denen der Saft Deines Corpusses abgeht wie der Strahl aus der frischen Birke, wenn Du sie angezapft hast, damit der Saft für den Wusch Deines Haares hervorschießt.

Bei Paulen ist die Phantasia auch mächtig zu Hauf gekommen. Alles an und in ihm ist ein furchtbarer Gär und ein männlicher Treib! Man kann sich nur an ihm verschwenden und an seiner lieben Musik, die auch bei Kaisers zu Hofe in Berlin erklingt.

Herr Lincke sagt, daß er für Ihro Majestät, Kaiserin und Königin, eine Polonähse und eine Polka verfertigt, was dann erklingt, wenn es die majestätischen Beine juckt, Polonähse und Polka zu machen. Ja, Paulen ist zu Berlin und anderswo bekannt wie mein Herzensmozart, was davon kommt, daß soviel Herrliches von seiner Seele und Feder abgegangen ist.

Nun muß ich schließen. Tinte und Arm sind erlahmt. Ich habe Dir alles gesagt, wie ich Dir alles sage! Meine Seele ist mit Dir, mein goldiges Schwesterlein. Fühlst Du mich ganz? Ich fühle Dich, ich ahne Dich, ich kose Dich und wünsche Dir Gottes reichsten Segen, viel Geld, keine Sorgen und ein wahres Glück hier auf der Erden!

Deine Julie, Julemule.

Hannover, den 14. April 1912

Mein liebster Hermann!
Dorothea gibt Dir einen wonnigen Herzensschmatz. Frau von W. hat mich gestern mitgenommen auf eine Redoute, wo es viele Persönlichkeiten gab, Parade und beste Conversation gemacht worden ist. Es traf sich gut, daß auch Herr Lincke aus Berlin dorten war und mich vor allen Leuten ausgezeichnet hat. Er will von mir zwei Gedichte, die ich ihm aber nicht mehr schreibe, weil ich ihm unser Geheimnis angedeutet habe und er damit wußte, daß ich nun in Hinkunft anderes zu bedichten habe ...

Mein Hermann, mein Lieb, mein Süßer! Dorothea sehnt sich ganz und gar nach Dir! Ach, wärest Du nur schon hier, was wollte ich alles mit Dir, Du Herrlichster von allen, tun!

Du bist so gut zu mir. Ich will's Dir lohnen, mein Schätzchen! Plierst Du auch nicht nach anderen Schürzen oder Schürzchen, die Dir über den alltäglichen Weg laufen? Du, Du! Ich ahne Dich, Du bist bei mir!

Herr Lincke sagt, daß ich ganz verändert bin. Die Knospe öffnet sich zur Blume. Sie blüht, sie blüht! Für Dich!

Deine Dorothea, total verliebt.

Suderburg, den 22. April 1912

Liebster Hermann!
Diese hübsche Karte fand Deine Dorothea, Dein Dorettchen, bei Plaut in Ülzen. Er hat sonst Confection, aber auch allerhand Krimskrams. Eine hübsche Frau Luna, nicht war! Und wie sie sich in ihrem Halbmond charmiert! Möchtest Du, daß ich mich für Dich auch so charmiere? Wenn ja, teile es mir mit! Dann sollst Du mal erleben, wie ich es mache! »Als Göttin des Mondes ..., Frau Luna genannt!« Dorettchen wird Dir eine Luna machen, daß Dir Augen und ...

übergehen! Für heute zwei herzige Küßlein von mir und den »Zicklein« ... und sei voll Mut, dem Julchen gut!
Deine Dorothea!

Hannover, den 13. Juni 1917

Liebste Chasine!
Beste Grüße von Deinem Julchen, Karlen aus Hannover und Friederike (seine Freundin!). Wir sind heute bei Melini und sehen Linckes »Frau Luna«. Ich kenne dieses Stück sehr gut, weil mich der Meister vor Jahren persönlich mit den Offerten bekannt gemacht hat. Es ist süß, daß ich ihn gekannt habe, wo jetzt alles so traurig ist! Der Krieg ... und daß Ihr in Amerika unsere Feinde seid. Ich weiß nicht, ob Du diesen Brief überhaupt kriegst. Karl sagt, daß die Feinde ihn abfangen werden und ich werde nachher noch vor ein Gericht gestellt und mit Haubitzen erschossen, wenn sie es rauskriegen, daß ich an den Feind geschrieben habe. Aber Du und Deine liebe Familie ... Ihr seid doch gar kein Feind? Oder? Ich verstehe die Welt nicht mehr! Ich schreibe ja auch gar nichts Schlimmes über den Kaiser oder die Kaiserin, sondern über Frau Luna und Lincke.

Wenn Du diesen Brief gekriegt hast, schreibe mir retour, damit ich weiß, daß Ihr gar keine Feinde des Reichs seid und ich es allen sagen kann, die mich deswegen belästigen.
Grüße alle schön. Julchen.

Oelerse, den 27. Mai 1924

Liebste Emma!
... ich will hinaus aus diesem Nest! Wie soll ich's aber tun? Ich halte es nicht mehr aus und werde noch am Ende ganz

meschugge! Alle tot, alle weg. Willy auf dem Felde der Ehren, Grummuttee. Allein bin ich … und hier noch mehr alleine! Hermann … so eigenartig, so fremd, so bäuerisch! Was soll ich tun, mein Gott, was soll ich tun!

Ich bin ganz verzweifelt, am Ende. Schreibe mir, hole mich, lasse mich bei Dir sein, Du meine ganze liebe Welt. Achte gut auf Dich, Du Einzige, Du mein Himmel an Heimat, Du mein Alles! Zeige diesen Brief nicht Bernhard. Nur Du sollst wissen, wie es um mich steht. Nur Du!

Dein tieftrauriges Julchen.

P.S.: Ich hätte doch verschiedenen Aufforderungen nachkommen sollen und wäre jetzt in einer anderen Welt. Ob die besser ist, weiß ich nicht. Aber zum Beispiel bei Paul L. sein, mit ihm leben und lieben zu dürfen … Ich will nicht denken, nicht träumen. Meine Welt ist anders. Sie ist da und wird mich eines Tages umbringen.

Felix-Mäuschen

(Mit dem Librettisten Felix Dörman verband Julchen eine kurze, aber »von göttlichster Leidenschaft« erfüllte Liaison. Sie hatte den schmucken Felix, der für die Komponisten Leo Fall, Oscar Straus, Franz Lehár und Emil Ascher arbeitete, durch den Dichter und Librettisten Julius Brammer kennengelernt, der mit Julchens Cousin Karl Schrader befreundet war. Die vorhandenen Briefe zwischen Julchen und Felix Dörman sind »mit brennender Vorsicht« abgefaßte Mitteilungen, denn der Herr Textmacher war zu jener Zeit – 1907 – verehelicht; sein Seitensprung mit der schönen Bonne zu Bremen hätte für ihn katastrophale Folgen gehabt. Immerhin profitierte »Felix-Mäuschen« von dieser Liaison. Julchen hatte ihn sogar zu einem Walzerlied inspiriert:)

Wenn ich durch die fernen Lande,
Globetrotterhaft spazier',
Zieht es mich zur Wasserkante,
Wo ich als der stadtbekannte
Louis Caramel stolzier.
Elegant,
Sehr charmant,
Unverwandt
Blick' ich nach der einen aus,
Drüben in dem feinen Haus,
In des Daches Stübchen
Wohnt mein Liebchen!
Refrain:
Holdes Kind, wann ist's soweit?
Wann seh' ich Dein weißes Kleid,

Deiner Lippen zarten Strich ...
Wann, mein Lieb, umfängst du mich?
Nimmer mehr will ich dich lassen,
Ewig will ich dich umfassen!
Holdes Kind, wann ist's soweit?
Du bist meine Herrlichkeit!
Wenn in Asiens Steppenlandschaft
Ich, der Grandseigneur, zur Jagd,
Wenn mit Freunden und Verwandtschaft
Man sich einen Siegerstand schafft,
Dann mich ein Gedanke plagt.
Elegant,
Sehr charmant,
Unverwandt
Sehn' ich nach der einen mich
Und die lieb' ich inniglich!
Fern in Daches Stübchen
Wohnt mein Liebchen!
Refrain:
Holdes Kind, wann ist's soweit?
Wann seh' ich ... etc. etc.

Billettdoux-Wechsel aus dem Mai 1907:

Superbste!
Bin ich nicht zu gering, heute zu nächtlicher Stunde das zu empfangen, was vorgestern Sie mir, Teuerste, versprachen? Ich habe einen ganzen Korb an Köstlichkeiten besorgt, auch Chablis und was dazu gehört. Ja? Ich höre bis dahin nichts mehr und warte mit brennendem Herzen! Ihr F.D.

Felix-Mäuschen!
Gegen 19 Uhr, nach dem frühen Dinner. Bei Knigge, aber draußen. Man soll nicht sagen, Fräulein Julie Fédore be-

sucht ein öffentliches Café! Das ist's! Ja, ich warte und verharre! Und alles ist so schön und wallt und erklimmt höchste Höhen! Bitte: Zeit einhalten. Julie.

Meine Hoffnung!
Ich eile. Nichts hält mich zurück. Der gute Leo mag warten. Ein Komponist! Du bist alles!!! Liebfrauenkirche. Nicht vor 21 Uhr. Oh, oh, oh! Felix.

Traumengelchen!
Umsonst gewartet. Wie das? Ungestillte Sehnsucht in mir. Es siedet! Lösche den Brand!!! 21 Uhr, Donnerstag. Wie gehabt. Und: nichts versäumen, unbedingt kommen. Ja? Liebste! Dein Felix.

Mein Meister!
Donnerstag bin ich verhindert. Großes Essen mit Wedekind. Die Gnädige ist ganz aus der Fassong. Aber Freitag? Um Gottes Willen Freitag, sonst bin ich tot. Ich habe Dich um alles in der Welt sehr lieb. Deine Schnulla.

Schnulla, Engelchen!
Das Beigefügte mag Dich trösten. Muß dringend nach Berlin. Meine Auftraggeber drängen. Du hast Verständnis. Ich weiß es! Sei mir gut und vergiß mich nicht! Nie!!!
Dein Felix-Mäuschen.

Berlin, den 21. Mai 1907

Geliebte!
Diese Zeilen sollen Dich schnell erreichen und Dir ausdrücken, wie es um mich steht! Nur Du, mein Schatz, nur Du existierst augenblicklich in meiner Gedankenwelt. Heute stand ich traurig und verlassen auf. Nicht ein Wörtchen von Dir, nicht Deine geliebte, berauschende Stimme, nicht der Druck Deines zärtlichen Händchens! Nichts dergleichen!! Sonnabend bin ich zurück. Spare mir, wenn es geht, den ganzen Tag auf. Ja? Ach, was alles wollen wir tun!! Du, mein Sehnen, meine Herrlichste! Was soll ich noch an Worten erfinden, um Dir zu schmeicheln und Dir zu sagen, was Du mir wirklich bist! Du mußt es wissen, Du weißt es!

Ich hoffe, daß Dir der kleine blaue Stein gefällt. Blau, wenn ich mich recht erinnere, ist Deine Lieblingsfarbe. Nicht wahr? Ach, wäre es schon Sonnabend!

Es küßt Dich Dein Felix!

Sonntag!
Meine Herrlichste!
xxx! ///! xxxxxxxx! – ! /// !
Das am liebsten alles auf einem Male.
17 Uhr. Park. Die gewisse Bank.
Felix.

Mein xxx!
Willst Du mich zum Reibekuchen machen? /// ! – ! Mehr als genug. Eile mit Weile. Die Bank sieht mich. 17,30 Uhr.
Schnulla.

Liebste Emma!
Mit einiger Trübnis diese Zeilen. Ein fleischloser Tag. Felix mußte nach Berlin. Da ist auch die Suppe trübe. Freitag kommt er retour. Da holen wir die Kost nach: Es soll uns dick gekocht werden! Ach ja, es ist schön ...!

Daß Du auch ja nichts an Grummuttee und Bernhard erzählst. Felix ist ein Geheimnis, das nur Du weißt! Behüte Dein Herz mit allem Fleiß, denn daraus gehet das Leben!

Dein glückliches Schwesterlein.

Suderburg, den 29. Mai 1907

Liebstes Julchen!
Aber doch Vorsicht. Bist Du eine Plettkohle, daß Du immer so leicht entzündet bist? Ich habe Angst! Sei auf der Hut! Ein so fremder Mann. Woher stammt er, was ist er? Nein! Du mußt wählerischer werden!

Es schadet nichts, daß er ein Jude ist! Mit diesen kommt man immer am Besten aus, aber Du sollst Dich nicht wundern, wenn Du auf den Flutscheböx (Flaneur, Anm. des Herausgb.) wieder hereinfällst. Ich bete für Dich. Deine Schwester.

Bremen ...

Liebster Willy!
Gestern waren wir bei Madame Erdmann-Jessnitzer, von der ich Dir schon geschrieben habe. Sie witwert noch immerzu, indem ihr Herr Gemahl das Weltliche hinter sich gelassen. Sie geht tief in schwarzer Farbe und sagt auf der Straße kein Jota. Es war gestern einer bei ihr, aus Berlin. Er heißt Bruch und sieht auch so aus! Da hatte ich meine

Glacées auf dem Kanapée zurückgelassen, kam nochmals in den Raum, da saß der Bruch aus Berlin auf Selma und machte Symphonie mit ihr, wozu man sagen kann, daß keine Witwe auf die Dauer ohne Noten auskommt. Der Bruch war aber nicht mein Geschmack, so daß ich ihn in Zukunft nicht verfolgen werde.

Was ist Felix dagegen! Felix von Österreich, was aber nichts schadet, denn dieselben gehören auch zu einem Kaiserreich, wenn sie auch – wie ich aus eigener Erfahrung weiß – etwas marode an der Seele und dem Corpus sind, welches davon kommt, daß sie nur mit heißem Faden gemacht sind. Und faßt sie einer derb an, dann rippeln sie gleich auf, was ich von Felix nicht sagen kann. Noch ist er nicht gerippelt!

Leider muß mein Felix nächster Tage zu Wien. Er kann und muß dichten, was er für einen Compositöhr tun muß, welcher Eysler heißt und zu Wien als Jude lebt, was ich auch von Felix glaube, weil er ohne Offizierskarriere ist, was bei seinen Epauletten ganz schön ist. Er wird mir fehlen, der Gute!

Du fehlst mir auch, mein Brüderlein fein!

Deine Julie.

Meine Seele!

Bevor ich nach Wien abreise dieses Briefchen und dieses Präsentchen. Ich hoffe, daß sich das Kettlein auf Deinem herrlichen Busen wunderbar ausmacht. Ja, Jaspis paßt zu Dir, mein Herzensengelchen! Wenn ich drunten bin, schreibe ich Dir sofort meine Adresse. Sie wird vorläufig in einem Hotel sein, das Eysler für mich ausgesucht hat. Und in Bälde werde ich Dich wiedersehen, mein Seelchen, mein Schätzchen!

Du, mein Superbstes! Warte auf mich! Ach, ich bin ja so eifersüchtig! Vor allem dieser Herr Konsul ...! Hüte Dich, mein Herz! Bleibe mir treu.

Dein Felix-Mäuschen.

(Julchen dichtet ihm eine Abschiedsode:)

Gegangen ist noch nicht dahin,
Du kommst mir wieder holder Mai.
Ich hege Dich in meinem Sinn
Und denke mir mein Teil dabei.

Fliegt zu Dir nicht mein ganzes Sehnen,
Wo Du auch bist, ich bin Dir nah!
Des Nachts erklingt mein leises Stöhnen,
Weil ich des Tags Dich gar nicht sah!

Du warst nicht Flirt mir, nein! Ein König!
Du warst mir alles, Du Helot!
Natürlich gab ich Dir nicht wenig ...
Und manchmal war ich darnach tot.

Du meine schönste Auferstehung,
Mein Himmel, Du mein Junggericht!
Erdrückt Dich eine Liebesblähung,
Dann denke flugs an mein Gesicht.

Dann denke an den weißen Busen,
Der oftmals sich Dir zugewölbt.
Und denke, wie wir taten schmusen,
Wie köstlich wir uns ausgeselbt.

Nicht wahr, ich bin ein Liebesschmeichel,
Ich bin Dir gut, ich bin Dir ganz!
Ich bin für Deine Zunge Speichel,
Ich bin die Musik Dir zum Tanz.

Du kommst zurück, das fühl' ich echte,
Und dann, geht's wieder besser Dir.
Es werden viele Hundert Nächte
Voll wunderbarer Liebesgier.

Es wird ein göttlich-trunk'nes Treiben,
Es wird ein tosender Orkan!
Und solltest Du bei mir dann bleiben,
Wird es zum Schluß wie Marzipan!

Suderburg, den 7ten Januar 1913

Liebster Willy-Bruder!
Sei bedankt für Deine Zeilen! Wie aber kommst Du gerade auf Felix D.? Ach, er so lange vergessen und ich denke überhaupt nicht mehr an ihn, jetzt, da ich gebunden und mein Wort verpfändet. Ich finde es nicht schön, daß Du mich an ihn erinnerst.

Wenn es auch Mathilde war, die ihn zum Betruge an mich und meiner stattlichen Ehrlichkeit vollführte, so ist er doch nur ein Funke gewesen in meinem Leben, schnell erglüht, schnell versprüht und ab nach Wien auf Nimmerwiedersehen.

Wenn er ein so berühmter Mann geworden ist wie Du schreibst, so hat er sich um meiner nicht so berühmt benommen und sich lassen gehen wie ein alltäglicher Mensch von der Straße, welcher sich an keine christlichen und sonstigen Gebote hält und ein Weib behandelt wie eine Kieler Sprotte, der er erst Kopf und Schwanz abreißt, sie bei den Gräten packt, sie durchkaut und den Rest dann wieder ausspeit! Nein! Mit so was hab' ich mich nicht lange abgegeben, obwohl! Er war ein schöner Mann und in seiner Männlichkeit als solcher sehr redlich, aber weiter nichts. Das, lieber Willy, ist nicht genug. Ich merke es an meinem ewiggeliebten Hermann. Ja, da hat man was anderes. Das ist gegen nichts in der Welt aufzuwiegen. Gold von bestem Schlage! Felix ...? Pah! Wenn Du von ihm schreibst, schreibst Du von einer Seifenblase, die ich gemacht, als ich mir die Hände wusch und nichts anderes da war, sie zu waschen.

Rede mir nie wieder von Felix! Versprichst Du's? Hüte Dich! Es küßt und bittet Dich um dasselbe Dein Schwesterlein Julchen, Fräulein Braut.

Direktor Karl Schrader
Hannover-Limmer, den 10. Oktober 1935

Liebe Julie!
Auf Deine Zeilen von vor vier Wochen will ich aus bestimmten Gründen nur kurz eingehen. Ich habe Felix vor einem Jahr letztmals gesehen und es ging ihm nicht sehr gut. Ich nehme an, Du weißt warum. Jetzt ist er irgendwo in Österreich. Du solltest uns bald einmal mit Deinem Hermann besuchen. Dann können wir über alles genau reden.

Schreiben will ich nichts weiter. Man redet besser. Du weißt, warum.

Es wäre schön, wenn Ihr so um Bußtag herum kämet. Mein Rheumatismus plagt mich sehr, auch das Herz ist leider nicht mehr ganz in Ordnung. Das alte, alte Herz!

Wie steht's bei Euch? Ihr habt Freude an Eurem Jungen. Dem Bilde nach zu urteilen, ist er sehr prächtig herangewachsen.

Also ... auf nach Hannover!

Mit allerbesten Grüßen von Haus zu Haus

Euer Karlchen

P.S.: Karl junior ist demnächst mit seinem Studium endgültig fertig. Ihn drängt's zur Armee. Mal sehen, was aus ihm wird.

Oelerse, den 26. November 1935

Meine geliebte Schwester!
Aus Limmer sollen wir Euch sehr gute Wünsche bestellen. Es geht dort so einigermaßen. Krank sind sie alle. Unsere

Art ist wohl nicht die beste. Sie rackern sich alle marode und dann sterben sie so früh, daß es sich kaum gelohnt hat zu leben.

Du weißt doch von Felix D. von 1907. Sie verfolgen ihn jetzt, weil er ganz und gar von jüdischem Schlage ist. Karl schickt ihm heimlich Pakete. Auch Medizin, weil er die Wassersucht hat und keine Hilfe kriegt. Ich weiß nicht, was das alles soll. Hoffentlich geht das mit Karl selbst gut und mit Seligmanns. Ich weiß nicht. Sie sind jetzt hinter alles so her, daß einem Angst und Bange wird.

Mit meinen Füßen wird es immer schlimmer, mit meinem armen Kopf noch ärger. Mir wäre wohl, wenn ich vom Herrn der Herren erlöst würde. Hinweg, hinüber! Sei guten Mutes, mein Schwesterlein. Ich bleibe Dir treu. Getreu bis in den Tod. Deine Julie.

Berlinerisches

Berlin im August 1907

Mein liebstes Schwesterlein!
Diese Zeilen sind von Berlin poste directe an Dich abgesandt, woraus Du entnimmst, daß ich hier wohlbehalten und mit all meinen Gliedern angekommen. Ich bin voll erster Eindrücke und will nicht umhin, Dir davon ein Gewisses auf Mitteilung zu geben, denn es wird Dich interessieren, was es wirklich fürne Stadt ist, wo der Kaiser wohnt und sie die meisten Menschen im Deutschen Reiche haben.

Es ist hier ganz anders als in Bremen. Du mußt Dir, mein liebes Emmakindchen, das so vorstellen, als wenn Bremen eine hustende Lungenjungfer ist, Berlin aber eine Madam', die es mächtig um sich herum hat. Das kommt eben, weil Kaiser hier den Ton angeben. Kaisers sind das Oberste, was es gibt.

Die Herrschaft liegt auf meiner Schulter, indem die Tante, was eine verwitwete Frau Kommerzienrath von Beuthen-Kalckrieß ist, schon so porös in ihrem Fleische ist, daß man denkt, sie kippt jede Minute aus den Pantinen. Dann sind hieroselbst drei Schwestern bei dem Herrn Konzertmeister, welcher Kammermusikus genannt wird, was ich nicht so schön finde. Hab' ihm das auch gleich gesagt. Die eine heißt Flora, die andere Smaragda und die junge Trine, was ein schreckliches Durcheinander ist, sintemal bei uns in Rosche, wie Du Dich erinnerst, die Kühe oft Flora und Trine genannt wurden. Smaragda aber ist was Überkandideltes, das nicht in meinen Sinn will. Nachher nennen sie die Mädchen noch wie Bernstein und Arme-Thysten. Alle vier, wenn ich die Tante mit einrechne, sind ohne Gemahl, was man an ihren Gesichtern ablesen kann, denn sie sehen alle aus wie der Herbst, wenn die Wiesen rasiert sind.

Da ist der Herr Konzertmeister aber was anderes! Er ist fein raus und trägt immer eine grüne Joppe wie der Kaiser, wenn er auf Jagd geht. Gestern haben wir den Kaiser und seine Tochter, Fräulein Kaiser, von weitem gesehen. Da sind wir alle vor Ehrfurcht in die Knie, weil die Majestät einen dazu zwingt. Dann wackeln Dir die Füße und Du hast das große Zittern in den Beinen und Hüften. Obwohl ich den Umgang mit Königen schon gewohnt bin, ist das bei dem Kaiser was anderes. Du weißt nicht, was das ist: Es ist eben mal so.

Der Herr Konzertmeister ist an die vierzig Lenze und hat eine Gewisse in Treuenbriezen, was hier in der Nähe liegt, aber nicht so vornehm ist. Sonntags gehen wir über die Mopke, was der Soldatengarten des Herrn Kaisers ist. Dann trinken wir hinterher eine Molle, wie man hier ein Glas mit feinem weißen Bier nennt.

Ich muß sehr viel hinzulernen, weil die Berliner Küche anders ist und alles andere Namen hat. Ich überwache hier nämlich auch die Küche, welche von einer kalten und einer warmen Mamsell gemacht wird. Die Marie Kötschka, welche aus Sachsen ist und auch so riecht, sie macht den Aufwasch, sagt, daß D. mit der warmen Mamsell schon mal ..., was ich nicht glaube, denn er hat feine Manieren und läßt sich nicht mit dem Personale ein.

Willi war gestern bei mir. Er läßt Euch alle vielmals grüßen und sagt, daß er hinten jetzt mit y will und nicht mehr mit i, weil es feiner ist. Wenn Ihr ihm jetzt schreibt, dann hinten nur noch mit y und nicht mehr mit i, sonst wird er nachher böse. Was sieht er jetzt plietsch aus! Er ist ganz aufgegangen und ein Mann von großer Ausstrahlung und Gediegenheit. Daß er sich auf die Politik versteht, davon hat er mir Proben geliefert. Wenn ich ihn so sehe, glaube ich, daß seine Politik ihn kräftigt. Vielleicht kommt es, daß die Politik bei den Mannsleuten den Mumm macht und den Schißlaveng! Mit Fritze Ebert ist er nicht mehr zugange, weil dieser avanciert und schon was sehr viel Vornehmeres ist.

Ob Eberten jetzt noch zu Bremen sattlert, weiß ich nicht. Unser Brüderchen sagt, daß er sicher mal was Oberstes wird, was, sagt er aber auch nicht, bloß was Wichtiges.

Unser Edelsteinchen arbeitet jetzt bei einem Obersten, welcher mit einem Flugapparat durch die Luft schifft. Michaeli kann man ihn durch die Luft schiffen sehen, wenn das Wetter gut ist. Da bin ich aber wirklich gespannt drauf!

Was sie nicht alles erfinden! Wenn's so weiter geht, fliegt noch eine ganze Eisenbahn durch die Luft und der Herr Konzertmeister sagt, daß sie eine Wippe erfinden. Schwupp ... und Du bist von Berlin in München. Aber das ist Fexierei, daß sie Dich nur bange machen wollen und Du sollst auf all den Jux reinfallen.

Dieses ist für heute ein Erstes. Ich schicke Dir, liebstes Emmakindchen, in den nächsten Tagen ein Zweites. Aber ich muß erst mal Luft kriegen ... und die ist hier ganz anders als zu Bremen. Ich nehme den Hingfong und kann ganz gut schlafen. Schlafe Du auch gut, mein Herzchen! Es kost Dich für heute und umarmt Dich Dein getreues Schwesterlein Julie.

Berlin, den 31ten Augusti 1907

Lieber Karl!
Indem ich Dir einen Nachtrag zu Deinem lieben Geburtstag entbiete, zeichne ich hochachtungsvoll Deine Cousine Julie, jetzt in Berlin bei Herrn Konzertmeister Leopold D., Adresse poste directe hinten auf dem Umschlag.

Wir sind hier sehr gediegen und vornehm und haben schon die Anmeldung auf dem Tablette von Silber, was ein Mohr hält, aber nicht von fleischlicher Natur, sondern aus

Marmor und echten Federn und Manufaktur. Frau Kommerzienrath von Beuthen-Kalkrieß, Tante, sagt, daß der Mohr mehr wert ist als die Glocke von der Garnisonen-Kirche in Potzdam. Der Mohr ist von ihrem Onkel aus Dresden. Wenn sie nicht da ist, kann man dem Herrn Mohr die Zunge rausstrecken und er merkt es nicht, weil er von Manufaktur ist und kein Mensch. Solche Mohren sind sehr passable und nicht für den Circus, sondern für die Anmeldung in feinen Häusern.

Wenn Du was wirst, mußt Du Dir auch einen Mohren ankaufen. Das macht sich fein und steht im Entrée, links neben der Treppe.

Aber ich schreibe nicht, daß Du Sehnsucht auf den Mohren vom Herrn Konzertmeister kriegst, sondern auf einen Gruß von mir, weil ich in diesen Tagen viel auf Dich gedacht habe und von früheren Zeiten, wo wir nahe waren.

Nun ist aber alles vorüber und ich will Dich nicht belästigen, aber Dich mal erinnern. Und schön ist es gewesen mit Dir, mein Karli! Weil's aber nicht kann sein, bin ich zu Berlin.

Herr Konzertmeister ist auch ganz schön, aber noch nicht so in Schuß, daß ich sehen muß, wo er in denselben bald kommt. Seine Frau Tante hat das Register und kujoniert ihn und uns, daß es keine wahre Pracht ist. Aber ich werde ihr schon beikommen, das infamte Luder! Sie essen immerzu Zwiebeln und stinken wie die ... Wenn sie denkt, daß keiner bei ihr, läßt sie's sausen, daß Du denkst, die Wände müssen einfallen wie die Mauern von Jericho. Das ist aber kein jüngstes Gericht, sondern die Frau Tante, Kommerzienrath, die es von den ewigen Zwiebeln hat. Manchmal geht sie auch auf Knoblauch, dann ist's wie mit Kartetschen und Haubitzen und es kommen richtige Dampfwolken.

Sie sind ganz ungeniert, aber sehr adelig und man muß immer »von« sagen, sonst sind sie hoch schimpfieret und blasen sich auf wie der Kallekutenhahn, wenn er auf Balz ist.

Ich schreibe Dir's, weil Du mich gefleht hast, Dir zu sagen, wie sie es in Berlin auf directe Bildung machen. Man kann von ihnen lernen, muß aber auch sehen, daß sie viel Dreck machen und nicht nur pures Gold!

Dieses schreibt Dir zur wahren Gelehrtheit Deine Cousine Julie

Berlin, den 20. Oktober ...

Liebstes Sinchen!
Wenn ich Euch von Berlin schreibe, so wißt Ihr nun meinen neuen Aufenthalt. Berlin ist der Bauchnabel der Welt, und oberhalb von diesem ist genau soviel Schönes wie unterhalb von diesem. Was es hier gibt, gibt es woanders nicht. Schlösser. Kneipen und Soldaten gibt es hier am meisten. Und alle sind sehr riesig, auch in dem, was man nicht gleich sieht.

Zu Potzdam ist die Garnisonen-Kirche, wo wir alle zwei Sonntage zum Gottesdienst gehen. Helm ab zum Gebet! Die Garnisonen-Kirche macht sehr fromm, man kann aber auch stramme Jungs sehen und wird einem ganz schwindelig, wenn man sie immerzu ansieht wie sie beten und den Herren loben und so stramm und schier sind. Manchmal sind die Prinzen da. Dann müssen wir auf den hintersten Priechen, wo es mufft und der Boden nicht gescheuert ist. Aber das schadet nicht und die Frau von Beuthen-Kalkrieß sagt, daß alles hier von Adel ist und sehr antik, vom alten Fritzen, der es auch nicht hat scheuern lassen.

Ich mag es nicht, daß alles so spakigt und verdreckt ist. Aber die Preußen haben es mit dem Dreck, weil auch am großen Schloß die Fenster an der Seite mit Spinnweben und Mäuseschiet sind, was ich vor drei Tagen mit meinen eigenen Augen anvisitiert hab'.

Ich lege Dir eine Ansicht bei von Berlin, daß Du einen schönen Maßstab nehmen kannst von allem wie es hier ist. Links ist das Schloß, wo Majestäts ihren Aufenthalt haben.

Sie haben noch anderwerts Schlösser, aber nicht solch große. Ich bin froh, daß ich in keinem Schlosse wohne und keine Majestät bin, obwohl die ihren Peau-Peau auch nur in zwei Teilen haben.

Für heute läßt schön grüßen Euer Julchen

Berlin, ... Oktober 1907

Liebste Grummuttee!
Von einem Donnerstage grüßt Dich sehr innig aus dem großen Berlin Dein Töchterlein Julie. Liebes Goldmuttchen, Du hast hoffentlich nicht mehr die Ischiase in der Hüfte. Der Doktor soll Dich schön medizinieren, daß Du wieder aufs Gesäß kommst! Wenn Du es nicht bezahlen kannst, werde ich Dir jeden Monat zehn Mark Kuhrant bezahlen, daß Du auch die gute Medizin nimmst und nicht die schlechte, die für gemeine Kutscher ist.

Wenn Du ißt, iß schön fett und viel, daß Du nicht vom Fleische fällst, wie die Fürstin Hohenlohe, welche die Bleichsucht gekriegt, am Ende noch dreißig Pfund gewogen und bald hernach selig im Herrn entschlummert. Wir haben hier viele Fürstinnen und Prinzessinnen zu Berlin. Wenn sie auf der Straße gehen, kann man sie nicht gleich erkennen, daß sie einen gewissen Stand haben. Ihr Adel sitzt tiefer, wo er ihnen angeboren ist. Herr Leopold sagt auch, daß man Adel nicht im Gesichte hat, sondern im Herzen.

Du kannst Dir ein Beispiel nehmen an Frau von der Wense, Holdenstedt, welche auch immer schön adelig gewesen ist, man es ihr aber nicht gleich im Gesichte hat abgesehen.

Ich soll Dich schön von der Berliner Emma grüßen, welche sehr ins Kraut geschossen, aber eine Schönheit an und für sich worden.

Und nun sei schön brav mit der Medizin und labe Dich köstlich!

Hast Du die Sache mit Deinen Pensionen erledigt? Gib nicht nach. Du bist eine Pensionistin von Gesetz und keiner kann Dich kirre kriegen. Ich bin ja zu Berlin! Wenn sie Dir nichts zahlen wollen von der Eisenbahn, geh' ich zu Kaisers und sage es ihnen. Du bist in guten Händen, Goldmuttchen!

Nun muß ich aber schließen, denn Herr Leopold verlangt sein Recht. Es herzt Dich und drückt Dich fest an ihren Busen Julchen, Dein Kindchen

Jacoby, Photo-Atelier
Ülzen/Lüneburger Heide
Bahnhofstraße

Wohlgeborenes Fräulein Schrader!
Durch Unterredung mit Ihrer Frau Mutter wurde uns dieser Tage Ihre Anschrift zuteil. Wir haben einen directen Wunsch an Sie und bitten Sie höflichst, diesem zu entsprechen. Vor einigen Monaten konnten wir von Ihnen und in Ihrem werten Auftrage vor Berliner Coulisse eine Portrait-Photographie anfertigen, welche so wunderschön und einmalig gelungen, daß wir Sie bitten wollen, uns die Erlaubnis zu erteilen, mit diesem Portraite in ff.-Kreisen der Bevölkerung für unsere Photographierkunst zu werben. Es soll dieses nicht zu Ihrem Schaden, noch zu irgendwelchem Nachteile geschehen.

Bitte, teilen Sie uns mit, zu welchen Bedingungen wir im obigen Sinne willfahren dürfen. Wir wären Ihnen zutiefst verbunden, wenn Sie uns möglichst rasch eine entsprechende Auskunft erteilen würden.

Mit ergebenstem Diener verbleiben wir: Jacoby ...

Berlin, den 1. Dezember 1907

Geehrter Herr Jacoby!
Wenn es mich auch zu meinem Vorteile delectiert hat, daß Sie meine Photographie von erlesener Schönheit angesehen haben, so muß ich Ihnen doch sagen, daß ich mich nicht darauf verstehe, von Ihnen für anderes Publikum verbreitet zu werden. Meine Photographie ist für mich zum Eigentume, auch wenn sie zu Ülzen gemacht worden mit einer Berliner Coulisse, was gar nicht wahr ist, sondern nur von Atraption.

Ich bin für Sie leider kein Vorteil, nicht für Geld und gute Worte. Dieses teilt Ihnen poste directe mit: Julie Fédore Schrader, Hausdame complett bei Herrn Konzertmeister Leopold D., Berlin ...

Berlin, 2ten Dezember 1907

Liebste Grummuttee!
Gestern hab' ich mit poste directe an Herrn Jacoby in Ülzen geschrieben, wo Du mich vor einigen Wochen wegen meiner Photographie mit Berliner Coulisse (Atraption!) hast angelöchert, daß ich ihn zum Vorteile gereichen soll. Ich bin's aber nicht und habe ihm mit aller Deutlichkeit dasselbe zum Verständnis gegeben. Wenn Du ihn nochmal triffst, sage ihm, daß ich von solchen Sachen nichts wissen will und die Zuwiederhandlung mit Notarius entgegne.

Nimmst Du auch schön die Medizin? Ich schicke welche hier von Berlin, weil sie besser ist als die von Ülzen. Davon mußt Du die Tropfen nehmen wie's auf der Etiquette steht. Der Doktor sagt, es hilft nur, wenn man die Tropfen genau abzirkelt. Also ... sei schön lieb und zähle sie. Es grüßt Dich für heute Dein Schmusebäckchen Julie

P.S.: Küsse mir Emmakindchen und die Kleinen süßen Frätze!

Berlin, den 12ten Dezember 1907

Liebstes Emmakindchen!
Wir haben immerzu Visite, deswegen ich so wenig schreiben kann. Heute kommt dieser, morgen ein anderer. Es geht zu wie im Circus und ich muß alles besorgen!

Gestern hatten wir Visite von Herrn Doktor Strauß, welcher, wie Herr Konzertmeister D... mir sagte, ein ganz großer Tonschöpfer ist, weil derselbe mit D. etwas zu beraten hatte wegen der Märsche von dem Genannten, die dieser dem Kaiser gewidmet (Majestät!) und welche Anfang des Jahres aufgeführt, aber nicht zum rechten und besten Erfolge geführt hatten. Nun will Strauß mit den Märschen was anderes, und D. soll das Orchester beeinflussen.

Strauß ist ein Herr von bayerischen Manieren, nicht so groß wie die Preußen im Durchschnitt, aber ganz stattlich und von männlicher Ausstrahlung. Er hat einen Bratenrock mit Sammetkragen und eine schwarze Sammetfliege um den Hals. Sein Gesicht ist von starker Eierform, umrahmt von einigen letzten Haaren, so daß seine Künstlerstirne ganz frei zum Denken ist. D. sagt, daß Strauß eine Sängerin als Hausfrau hat, welche Pauline heißt und ihn durch die Gegend jachtert, daß es schon keine Art mehr ist.

Strauß hat D. bei Tische gesagt, daß er einen neuen Charakter haben will, indem er in der Kanzlei darum wühlt, daß sie ihn und Muck, den ich ja schon von Harburg her kenne, Generalmusikdirektor benennen sollen. Ein Herr Meyerbeer spielt dabei eine Rolle, welcher auch diesen Charakter gehabt haben soll. Meyerbeer ist aber schon lange tot, sagt Herr D. Ich frage mich: Was kümmert sie dann noch der Charakter dieses Herrn? Die Toten soll man ruhen lassen und sich um ihren Charakter nicht mehr streiten.

Du siehst an dieser Geschichte, was hier zu Berlin alles los ist! Sie hetzen und schachern, daß es keine Art mehr hat und Du denkst, es ist Frühjahrsmarkt und sie streiten sich um den Charakter von der fetten Genoveva auf der Marktbude.

Wir hatten gestern Kapaun, Trüffeln, Spargeln und Himbeeren ... und dasselbe mitten im Winter! Dann haben sie Kaffee und Cognac geschlürft unter dem Adventskranz, welchen ich mit fleißigen und geübten Händen gebunden. Ein Prachtstück! Hat auch der Herr Strauß gesagt, indem er seiner Pauline so was nicht zutraut.

Ich will jetzt abbrechen. Morgen schreibe ich weiter, wenn ich Lust hab'. Lust muß man haben, wenn was von der Feder abgehen soll! Gute Nacht, mein Schätzchen! Schlummere sanft, vierzehn Englein zu Deinen Häupten ...!

Ich ergreife wieder die Feder. Ich habe von dem Herrn Strauß sogar geträumt! Er will jetzt eine Oper machen, welche Elektra heißen soll. Alle Tonschöpfer machen jetzt auf elektrisch. Erst Lincke, der Göttliche, jetzt Strauß mit dieser Elektra. Das neue Licht muß sie alle närrisch machen. Ich finde aber das alte viel gemütlicher. Es geht doch nichts über eine schöne Kerze mit einem Glimmdocht, die einem das gibt, was einem das elektrische Licht nicht geben kann. Auch das Gas nicht. Gas riecht.

Ihr habt jetzt auch schon das elektrische. Ich bin verwundert, daß sie's nach Suderburg gekriegt haben. Die Welt wächst zusammen und einmal kommt die Zeit, wo Suderburg bei Berlin liegt, weil alles zusammengewachsen ist.

Hoffentlich geht es Grummuttee wieder besser! Wenn sie die Berliner Medizin nicht nimmt, ist sie ein Esel, was Du ihr aber nicht zu sagen brauchst, aber stimmt. Sie ist ein Querkopf und hat ihre eigenen Alimente, die Du ihr nicht austreiben kannst! Lasse sie!

Nun sei herzlichst geküßt von Deinem Schwesterlein Julie.

P.S.: Morgen gehen wir zur Mopke, weil die Kaiserin Parade macht. Sie sitzt auf einem Gaul, welcher nicht wild ist und nickt auf die Dragoner, die für sie schießen. Sie hat auch Füsseliere und Kartetschiere, aber die Dragoner machen es für sie am besten.

Berlin, Sylvester 1908

Liebstes Brüderlein-fein!
Hat Dich das neue Jahr mit Sammetflügeln ...? Du mußt mir unbedingt schreiben, wie Du hineingekommen bist. Hast Du geturtelt oder geschmatzt? Du Kassanower!

Vorgestern waren wir in der Oper, wo eine gewisse Salome sich austobt. Daß Du mir ja nicht in dieses Stück gehst! Es ist das Schändlichste, was ich je gesehen, und verdirbt alle Menschen, besonders die Männer. Und der Krach! Sie machen keine Musik, sondern Klabastern und Schrummen daher wie eine Schnitzelwerkmaschine zum Rüben- und Kartoffelstampfen.

Diese Salome! Hure, nichts als Hure! Das Weib entschleiert sich bis aufs Letzte, so daß man schon alles sehen kann, unten und oben. Auch der Stern von Bethlehem ist da, kann aber die Sünde nicht bannen, weil sie nichts mehr anhat und man die Sünde mit eigenen Augen sehen kann, daß den Männern der Schweiß ins Gesicht läuft und sie die Brunst in den Schenkeln kriegen. Dazu schreit dieses Weib wie eine Henne, die aus Versehen vom Schafbock getreten wird. Dieses Schafbock ist Herr Strauß, Tonschöpfer, der den ganzen Unsinn gemacht hat und die Hure in die Oper gebracht hat.

Ich schäme mich zutiefst, einen Blick in dieses Sodom getan zu haben! Es estimiert mich gar nicht, diese Salome nochmals zu erleben. Aber Du sollst sie nie und nimmer sehen, weil sie Dich umbringt und es nicht gut ist, wenn Dein Schlingel wegen dieses Weibes in Begehr kommt. Und das unter den keuschen Augen unseres Kaisers (Majestät!) und der schönen Kaiserin, welche das Stück auch gesehen haben sollen und ihre eigene Loge haben, wo sie Brüstung machen können.

Willy, das ist das Ende! Du bist ein fester Charakter, aber dieses Weib macht das so schlimm wie eine ganz schlimme

Buhlerin. Du könntest mir zu Schaden kommen. Das will nicht Deine Dich liebende Schwester Julie.

P.S.: Das Stück ist aus dem Schweinestall!

(Ein offenbar nicht abgesandter Brief, da er sich im Nachlaß unserer Poetantin fand:)

Geehrter Herr Edittor!
Durch die erste Berührung mit Berlin an sich bin ich in der Lage, mich Ihnen durch eine wahre Dichtung vorzustellen. Wollen Sie die Ehre haben, dieses gegen Salähr von zehn Mark Kuhrant in Ihrer Zeitung abzudrucken.

Die Beschriftung ist ohne Fehler und gefällt alles auch sehr gut Herrn Konzertmeister Leopold D., wo ich zu Adresse bin. Ich erwarte Ihren Geneigten und grüße Sie herzlichst.

Berlin, Berlin, wo fängst Du an,
Wo hörst Du auf, Berlin?
Und mitten durch die Pferdebahn,
Die edle Rösser zieh'n.

So groß, so edel und so schön
Bist Du, Herrn Kaisers Stadt!
Man kann Dich hundert Jahr' bese'hn
Und wird doch niemals satt!

Die Mopke dröhnt Soldatenbeins,
Wenn sich Parade zeigt.
Und hinterher trinkt man sich eins,
Wo man Paul Lincke geigt.

Du hast die Spree und manchen Fluß,
Der schlängelt sich durch Dich.
Und Deine Knaben sind in Schuß . . .
Ein Blick, schon ziept es mich!

Das Schloß, so groß und kolossal,
Daß man es gar nicht glaubt.
Im Wannsee lebt der Räucheraal,
Im Grunewald es staubt.

Berlin, Berlin, wo fängst Du an,
Wo hörst Du auf, Berlin?
Im Zoo, da steht ein Pelikan,
Träumt von der Tauentzien . . .

Er kann nicht hin, wo feines Obst
Und Pelz Geschäfte füllt.
Er mag es gern, wenn Du ihn lobst.
Sein Kropf ist dick gefüllt.

Die Lindenstraße ist famos,
Kennt Denkmals hehre Wucht.
Hier läßt Du Deine Künstler los,
Die schnieken. Ei, verflucht!

Ich mag Dich gern, Du Stadt Berlin,
Du bist des Reich's Juwel!
Hätt'st Du auch keinen Kaiser drin,
Du wärest ohne Fehl!

Drehorgeln tuten immerzu
Durch alle Straßen laut.
Vorgestern ist mein Pompadu
Von einem Dieb geklaut!

Zu Potsdam ist die Garnison;
Da gibt es Männer fett!
Ein einziger genügte schon
Als Garde für das Bett.

Das Glockenspiel macht bimmelbimm,
Die Seele ist erfreut.
Wenn ich jetzt einen Mann erklimm',
Denk' ich an das Geläut'.

Herr Kaiser, Deine schöne Stadt
Hat mich total betört!
Man weiß, was an Berlin man hat,
Wenn man durch dieses fährt.

7. Mai 1910

Liebstes Sinchen!
Meinen letzten Brief hast Du total verkehrt gelesen, denn ich bin nicht mit Gustav von U. verlobt, weil ich nicht mit ihm in das Gewisse treten will. Er geht nur mit mir auf Begleitung und ist für mich der Anstand in Person. Er tanzt famos und kann's auch auf modern. Sie machen jetzt einen Tango hier und ist es die reinste Butterwiege, aber ich finde es genant, weil es so aussieht, als wenn...!! Und das sollte nicht sein.

Der Kaiser hat's verboten, aber sie machen es doch insgeheim. Eine Schande! Ich entziehe mich derselben und auch Herr von U. sagt, daß er nicht den Tango mit mir will. Nun weiß Du, wer er ist! Grüße alle sehr bestens. Ich bin gerade für den heutigen Abend intus und fasse mich kurz. Nochmals: Alles Liebe und Gute aus Berlin!

Die Boten des lieben Gottes

Ballenstedt am Harze, den 15ten Mais 1898

Liebste beste Grummuttee!
Wenn Du fragst, daß ich mich fromm und redlich tue, so will ich Dir schreiben, daß Ballenstedt am Harze besonders fromm und redlich macht und Dich zu schöner Andacht zwingt. Der liebe Gott geht hier durch die Wiesen und sitzen die Engeln auf den Bergen, von welchen Dir Hilfe kommt. Frau Knille-Kuhloo sagt auch, daß sie Gottes Allmacht jeden Tag spürt und er ist immer bei ihr alle Zeit und sie fühlt sich gesegnet.

Ich fühle mich auch gesegnet. Wenn wir gegessen haben, senkt sich der heilige Geist auf uns nieder, daß Du die Stachelbeern oder Puntich (Pudding, Anm. des Herausgb.) nicht mehr anrühren willst und auch Frau Vorsteherin sagt, Stachelbeern mit heiliger Geist soll man nicht essen, erst anderntag, wo es sie dann nochmal gibt. Der Herr Pastor ist hier ein Herr Pfarrer, aber auch nicht katholisch und hat es dick im Fleische.

Er predigt sehr lange, aber schön von Worten und singt auch schön, daß es Dir in die Knie geht und Du ganz schwach bist. Vorige Woche hat er mir die Hand auf den Kopf gelegt und gesagt, daß ich ein schönes Schäfchen bin. Er kennet seine Schafe und weiß, wo sie gesegnet sein wollen. Ja, der liebe Gott ist in mir und nun weißt Du es ganz gewiß, daß ich fromm und redlich bin. Gehet hin in alle Welt, auch nach Ballenstedt am Harze!

Es grüßt Dich vielmals Dein Töchterlein Julie, Pensionistin

Ballenstedt, den 20ten Junius 1899

Liebste schönste Grummuttee!
Herr Paf, welches der Pfarrer von hier ist, der neu, sagt, daß ich Dich vielmals grüßen soll. Du stehst im Herrn, welcher Himmel und Erde gemacht hat. Ich stehe auch im Herrn und im Herrn Pfarrer Paf, welcher ein sehr schöner Mann ist, noch nicht auf Ehe und sehr von größter Tugend.

Lenchen Sutitt macht ihm schöne blaue Augen, die er aber nicht will. Er ist überhaupt nicht auf Augen, auch nicht auf den Küster, der zuviel Bier trinkt und Plattfuß hat.

Sage Emmakindchen, daß sie »Goldene Äpfel«* lesen soll, was eine Erbauung ist. Du hast ja die Äpfel auf Deiner Commode, daß Du sie ihr geben kannst. Willi ist für die Äpfel noch zu klein, aber wenn er schießt, kannst Du sie ihm auch geben. Unser lieber Louis! Er war einer wie Herr Pfarrer Paf!

Kannst Du mir zwei Mark Kuhrant schicken, daß ich eine Schürze kaufe, wo zum Sticken ist, weil wir dasselbe bei Mademoiselle Klappoteck durchnehmen.

Schicke mir sie bald. Die Gnade des Höchsten thront auf Dich! Deine liebe Julie, Pensionistin.

2. Januar 1902

Liebstes Emmakindchen!
Wie freue ich mich, daß nun eine richtige Verlobung mit Deinem Bernhard auf Dich gekommen ist. Gottes Wege sind wundersam! Nun gehe hin und breite Dich aus. Kennst Du ihn schon lange? Wenn ja, schreibe es mir, daß ich mir eine Vorstellung darauf nehmen kann. Weil er groß und

* »Goldene Äpfel in silbernen Schalen«, ein Brevier des Separatisten-Predigers Louis Harms aus Hermannsburg. Harms wurde mehrfach von Julchen bedichtet.

sehr schön ist, bis Du von der Vorsehung auserwählt, daß Du einen guten Mann und eine schöne Ehe haben sollst. Wenn der Klapperstorch kommt, sollst Du Dich freuen. Auch er ist ein Geschöpf des Vaters, der uns alle gemacht hat! Amen. Grüße Deinen Bräutigam recht schön von mir.

Das Tuch, was ich beigelegt hab', ist für Dich. Du kannst Dich damit schön machen, wenn Du zu ihm gehst. Gehst Du oft zu ihm? Nicht zu oft, sonst kommt er auf Gewöhnung!

Lasse von Dir hören, damit ich alles weiß. Gott schütze Dich und unser Vaterland!

Deine Julie

... April 1905

Sehr geehrter Herr Edittor Stegemann!
Wenn ich auch ansonsten nicht für Publico dichte, so will ich doch für unseren sel. Louis Harms was dichten. Ich sende es Ihnen, daß Sie es in Ihr Blatt nehmen. Nehmen Sie es wie Ihr Liebstes, denn ich hab's mit Fleiß gemacht.

Es grüßt Sie sehr Ihre Julie Fédore Schrader

Landesbote
Hannover
17. April 1905

Hochverehrtes Fräulein Schrader!
Wir erlauben uns, Ihnen mitzuteilen, daß Ihre wunderschönen Harms-Gedichte in Nr. 5 und Nr. 6 unseres Landesboten zum Abdrucke gelangen. Honorar geht Ihnen demnächst zu. Wir sind Ihnen weiterhin sehr verbunden. Herr Verleger Feesche hat uns gebeten, ihm Ihre werte Adresse mitzuteilen. Er wird Sie demnächst anschreiben, um die Er-

laubnis zu erhalten, Ihre Harms-Gedichte in seinem Jahres-Kalendarium abzudrucken.

Mit vorzüglichster Hochachtung, Ihr ergebenster Diener Stegemann

(Die Gedichte:)

I

Goldene Äpfel in silbernen Schalen,
Die uns von Gottes Gnade malen,
Louis Harms hat sie gepflückt
Und uns sehr damit beglückt!

Herrliche Verse in munterem Reigen,
Die uns auf Engelshaar was geigen,
Louis Harms hat sie erdacht,
Was uns große Freude macht!

Heilige Worte aus heiligen Schriften,
Daß wir der Mission was stiften,
Louis Harms, der nimmt das Geld,
Zieht damit in alle Welt!

Heiße Gebete aus bebendem Herzen
Züngeln empor zu der Wahrheit Kerzen ...
Louis Harms hat sie entfacht,
Gottes Lohn uns ewig lacht!

Trauliche Lieder aus göttlichen Kehlen
Bilden die Chöre von Allerseelen ...
Louis Harms stimmt froh sie an,
Unser edler Gottesmann!

Schwärzeste Menschen aus südlichen Zonen,
Die auf den Bäumen in Africa wohnen . . .
Louis Harms holt sie herunter,
Christi Gnade macht sie munter!

Goldschwere Münzen aus gebenden Händen
Sollen der Mission was spenden.
Louis Harms ist die Mission,
Kniet jetzt längst vor Gottes Thron!

Jauchzende Engel mit wehenden Flügeln
Lullen ihn ein auf den ewigen Hügeln . . .
Louis Harms in Gottes Huld
Schläft für aller Menschen Schuld!

Erst die Geräusche von lauten Posaunen
Holen ihn wieder aus himmlischen Daunen . . .
Louis Harms, beim Jüngsten Gericht
Spürst Du den Zorn des Herren nicht.

Himmlische Glori in silbernen Schalen
Tut für Dich entgegenstrahlen!
Louis Harms, Du bist erweckt . . .!
Mission hat dies bezweckt.

II

Ode auf Pastor Louis Harms, dem Hirten der Heide, zu Hermannsburg, dem Jünger Christi, welcher die Mission erfand, auf daß alle, die an ihn glauben, nicht verloren werden. Amen.

Durch die stille, braune Heide,
Wo die Birke einsam steht,

Schweißgebückt im Pfarrerskleide
Jemand durch die Fluren geht.

Auf dem Rücken, dem gebeugten,
Trägt er eine schwere Last:
Sünden, welche and're zeugten,
Drücken ihm die Gurgel fast.

Ach, er trägt sie ohne Murren,
Denn er ist ein Heiliger,
Durch die Auen, durch die Fluren,
Fraget nicht: »Wer ist denn der?«

Wißt Ihr's nicht, Ihr Menschenkinder,
Wer sich da für Euch so müht?
Ach, Ihr armen, armen Sünder ...,
Finster seid Ihr im Gemüth!

Sonne scheint ihm auf die Stirne,
Schweiß sich dort zusammenwringt.
Doch in seinem heil'gen Hirne
Er nur fromme Lieder singt.

Ja, er ist's! Es ist der eine,
Der für uns die Lasten trägt!
Unter seinem Heil'genscheine
Großes Herz Vergebung schlägt!

Hannover, 20. 12. 1907

Lieber Otto!
Untröstlichkeit erfüllt meine Seele, daß Deine geliebte Thea nun nicht mehr unter uns weilt und in die fernen, lichten Thäler gezogen ist, wo Gottes Allmacht wohnt! Es ist schlimm

für Dich und die Deinen, daß die liebe Thea entschlafen ist und nun in die kalte Erde muß getan werden. Aber Du weißt, daß der heilige Geist Dich leitet und führt und daß sie als ein Engel bei Euch ist, immerdar und ewiglich. Thea ist ein schöner Engel, wundermild und mit zwei hohen, goldenen Flügeln, welche Dich umfächeln, wenn Trübsinn und Trauer Dein armes Herz heimsuchen. Aber es ist doch eine schöne Heimsuchung, weil Du weißt, daß es der Engel Thea ist, welcher Dich umgibt und Dich besäuselt.

Leider kann ich nicht zur Beerdigung kommen, aber ich bin in Gedanken bei Thea in der Gruft, wo sie nun schlafen muß, bis Gott der Herr sie am Jüngsten Tage wieder auferweckt von den Toten. Und dann sitzet sie zur rechten Seite Gottes, wo Du auch sitzest und Ihr könnt Euch wieder in die Augen sehen und könnt sagen: Ach, Otto! Und Ach, Thea! Das wird schön sein und Du mußt die große Hoffnung haben, daß es so ist und sich erfüllet, wie es geschrieben stehet. Gottes Gnade ist um Dich und meine Gedanken?

Machst Du Ihr einen schönen Kranz? Wenn es geschneit hat, wird der liebe Gott die dunkle Gruft mit seinem weißen Sammetpelz ausgeschlagen haben und Du kannst Dir denken, daß sie wohl in diesem Pelze schlummert an der Seite der Gerechtigkeit. Amen!

Euer tieftrauriges Julchen

Oelerse, den 11. Juni 1922

Liebster Karl!
Wo nun meine liebe Mutter, Frau Elisabeth Schrader, mit Tod von dieser schnöden Welt abgegangen ist, bin ich sehr alleine, obwohl mein gütiger und lieber Hermann mich tröstet. Selig sind, die im Herrn sterben! Amen.

Es ist schön, daß Ihr einen so großen Kranz mit der Bahn spendiert habt. Er liegt zuöberst.

Wir haben sehr viel Trost, daß wir wissen: Unsere Frau Mutter ist nun bei unserem Willy-Bruder und hat es mit ihm gut in den sel. Höhen! Dort, wo es ein Wiedersehen gibt!

Euer Trost ist uns sehr wohl und wir danken Euch herzlichst! Mitgefühl kann man brauchen, denn es ist eine schlimme Zeit und jeder Tod trifft uns besonders schwer. Wenn aber eine Mutter dahingeht, so geht das Eigentliche dahin, was man in dieser schnöden Welt hat. Gut, man hat einen lieben Mann, ein Kind..., aber die Mutter ist das Eigentliche. Ich habe nicht so viele Tränen wie ich um sie vergießen möchte. Sie war so gut! Ein Engel schon auf dieser Erden. Aber sie hat einen leichten Tod gehabt und ist vom Herrn der Heerscharen sanft in seine allmächtigen Arme genommen worden. Es war ein gar schwüler Nachmittag und sie hat schon mehrere Stunden die große Hitze gehabt. Nur Anni, Emmas Töchterlein, meine Liebste, ist bei ihr gewesen. Sie hat Gott, den Herrn, zu sich kommen sehen. Und seine Jünger! Nach diesen hat sie mehrfach gerufen, das Haupt zur Seite gelegt, noch einmal tief geseufzt »Christus, Christus!« und war dann hinüber.

Wohl dem, der so sanft im Herrn entschläft!

Schreibt uns bald einmal wieder. Es grüßt Euch in großer Trauer Eure Julie Niewerth, geb. Schrader.

Oelerse, den 20. August 1927

Sehr geehrter Herr von Schweinitz!
Es ist sehr aufmerksam von Ihnen, daß Sie sich meiner erinnern. Wie haben Sie denn nur meine Adresse herausgekriegt? Wegen meiner Dichtungen muß ich Ihnen leider abschreiben, will aber für das Gedächtnissbuch auf A. gern ein Gedicht beisteuern, was ich in diesem Juli geschrieben habe. Vielleicht gefällt es Ihnen.

Mit besten Wünschen Ihre Julie Niewerth, geb. Schrader

Über den Sternen, da wird es einst tagen
Da wird Dein Hoffen, Dein Sehnen gestillt
Was Du gelitten und was Du getragen,
Dort ein allmächtiges Wesen vergillt –

Über den Sternen, da schwindet die Täuschung
Da siehst Du alles enträtselt – enthüllt –
Was Du erwartet, des Himmels Verheißung –
Dort wird es herrlich und ewig erfüllt.

Über den Sternen, da finden sich wieder – –
Wesen die feindlich das Schicksal getrennt – –
Dort sinkt die hemmende Scheidewand nieder
Seele und Seele sich freudig erkennt.

Über den Sternen, da wehen die Palmen
Himmlische Kühlung, o Dulder, Dir zu
Engel begleiten mit heiligen Psalmen
Totmüde Herzen zur ewigen Ruh – – –
Juli 1927
Julie Niewerth

Oelerse, den 24. Juni 38

Mein lieber Schwager u. liebe Kinder!
Ich kann mich garnicht drin finden, daß meine geliebte, unvergeßliche Schwester so plötzlich von uns gegangen ist, da ich von einer ernstlichen Erkrankung nichts wußte. Ganz ahnungslos halte ich Irenens Brief in den Händen u. denke voll Freude:

»Jetzt meldet Anni ihren so lang in Aussicht gestellten Besuch an und da schlägt es wie eine Bombe vor mir ein – Was dann folgte möge in der Vergangenheit ruhen.

Ungemein zieht es mich zu Euch ... Ihr, die Ihr den gleichen Kummer habt, von den letzten Wochen u. Tagen meiner teuren Schwester zu hören, da ich doch krankheitshalber am Stuhl gefesselt und auch nicht die seelische Kraft hatte, an der Bahre meiner geliebten Schwester zu stehen ...

Ich mache mir oft Gedanken über die letzten Dinge und weiß nur eines, daß es eine höhere Gerechtigkeit in den Dingen geben muß. Gott, mein Gott, warum aber hast Du mich verlassen?

Ich warte täglich den ganzen Sommer darauf, daß einer von Euch kommt. Vergeßt mich doch bitte nicht in meinem schweren Herzeleid u. Trübsahl. Ich bin von morgens bis abends hier draußen mutterseelen allein.

In bleibender Liebe u. traurige Grüße an Euch allen

Tante Julchen

(Nach dem Erhalt der Todesanzeige ihrer Schwester Emma hatte Julchen den ersten Selbstmordversuch unternommen. Wenige Monate später weilte sie nicht mehr unter den Lebenden ...)

Hermann

Hermann Niewerth
Suderburg, den 14. Dezember 1911

An die Wonne meiner einsamen Stunden!
Gestatten Sie mir, mein hochwohlgeborenes Fräulein, daß ich Ihnen mit diesem Briefe noch einmal ins Bewußtsein setze, wie es um mein Innres bestellt ist. Seit Sie mir hochherzig die Ehre erwiesen, Sie zum Tanze zu führen, ist aus meinem Herzen ein Orkan geworden, welcher sich nur legt, wenn Sie mir gestatten, Sie am kommenden Dienstag zu einer Tour mit dem Kutschwagen nach Hösseringen abzuholen. Seien Sie gnädig und erheben Sie den sehnsüchtig Ihrer harrenden Hermann Niewerth

Julie Schrader
z. Zt. Suderburg

Mein Herr!
Sie sind etwas dreist, muß ich sagen, indem Sie mir aus solcher Nähe so einfach entgegentreten mit einer Forderung, zu welcher ich mich im Augenblicke nicht verstehen kann. Ich bin hier Gast und muß auf meinen Stand achten. Ich bin Ihnen gern zum Balle gefolgt und muß Ihnen eingestehen, daß Sie mir keineswegs ganz unsympathisch sind. Aber zu einer Tour . . .! Nein! Das geht zu weit. Bescheiden Sie sich und harren Sie eines gelegentlichen Winks, welchen ich Ihnen in dem Augenblicke geben will, wo mein Herz es mir

befiehlt. Bis dahin seien Sie ein im Verschwiegenen Harrender. Julie Schrader, im Augenblicke privat zu Suderburg, Bahnhofstr. 66

Hermann Niewerth
Suderburg, den 18. Dezember

Meine Angebetete!
Acht Stunden unsäglicher Qual sind dahingeflossen und jetzt halte ich Ihren Brief in meinen zitternden Händen. Zuviel, zuviel auf einem Male!

Sie sind so gütig und so schön! Dank, Dank, Dank! Ihre Absage beleidigt mich ja nicht, sprechen doch aus Ihren Zeilen Hoffnungen... Ja, ja, ich will Ihrer harren, sei es bis ans Ende meiner Tage. Geben Sie mir noch ein Zeichen, daß ich warten soll. Indem ich dieses zu Papier bringe, bin ich von ganzem Herzen Ihr untertäniger Diener Hermann

Julie Schrader

Liebster Freund!
Sie haben mich glücklich gemacht mit Ihren Zeilen. Sie dürfen warten, Sie sollen! Hüten Sie sich vor einem Fräulein Alwine aus der Nachbarschaft. Sie will Ihnen nicht wohl. Ich fahre am Freitag in die Kreisstadt, also nach Ülzen, wo ich Besorgungen zu erledigen habe. Gegen 15 Uhr nachmittags bin ich im Café von Herrn Hein, welcher so schöne süße Stuten (kleine Mürbekuchen mit Puderzuckerguß, Anm. des Herausgb.) macht. Essen Sie auch gern süße Stuten? Indem ich Ihnen hiermit meinen Geschmack verraten habe, zeichne ich diesen Brief hochachtungsvoll als Julie Schrader, zur Zeit privat in Suderburg, Bahnhofstr. 66 bei Kaufmann Bernhard Meyer.

Hermann Niewerth
Suderburg

Mein Stern!!!
Oh, diese Zeichen!!! Ich bin an dem bewußten Tage zu Ülzen. Süße Stuten!!! Ich liege Ihnen mit selbigen zu Füßen! Ihr unauslöschlich verliebter Hermann Niewerth

Julie Schrader
Suderburg, zur Zeit privat

Unauslöschlicher Freund, Gütiger!
Daß wir uns schreiben, ist sehr reizvoll, obwohl wir fast Tür an Tür wohnen. Ich sah Sie gestern. Da war mir absonderlich. Was ist's? Ist's die Natur, die sich regt? Vielleicht wissen Sie eine Antwort ... Und wissen Sie sie, so teilen Sie mir diese gewissenhaft mit. Nicht wahr ...? Ihre Julie Schrader

Hermann Niewerth
Suderburg

Himmelskönigin!!!
Was sich regt, ist der Strom, welcher allmählich von mir auf Sie übergeht. Ich habe erfahren, daß Sie in großen Häusern bei wichtigen Herrschaften eine hochansehnliche Stellung gehabt haben, daß Sie feine Gedichte machen und mit dem Adel verkehren. Da bin ich Ihnen wohl zu dumm. Vergessen Sie mich! Sie werden die süßen Stuten auch ohne mich vertragen. Ach, es ist so arg in der Welt, daß es verschiedene Stände gibt! Alles läßt sich wohl nicht ändern. Adieu denn, Hübscheste! Adieu! Ihr trauriger Hermann.

Julie Schrader, ... Januar 1912 (?)

Mein trauernder Hermann!
Ja, ja, es gibt verschiedene Stände. Aber das meiste sind Umstände, wie Sie selbige machen. Ich war deutlich, nicht wahr. Ich bin immer für Deutlichkeit, weil sie dem Menschen zeigt, was man eigentlich will oder nicht. Ohne Deutlichkeit sind wir alle verloren! Das haben Sie noch nicht erkannt. Sie müssen vieles in dieser Welt erkennen. Vor allem, daß die Frau an sich nicht allzu rasch zu gewinnen ist und daß man nicht zu directement auf ein gewisses Ziel lossteuern darf, sonst verliert man. Wie könnte ich weitergehen ohne das Verständnis für alle großen und kleinen Dinge in dieser Welt? Niemals! Und nirgendwohin!!! Ich habe Gewisses erreicht, was ich mir nicht so einfach nehmen lassen kann. Ich fahre nicht nach Ülzen, damit Sie nicht denken sollen, Sie seien doch noch animiert.

Sie haben meinen vormaligen Wink mit den süßen Stuten nicht verstanden und auch die anderen Winke nicht, welche ich Ihnen habe zukommen lassen, damit Sie sehen, auf was Sie sich ausrichten können. Aber Sie verstehen keine directen Winke und sind darin wohl noch nicht gebildet. Wie? Aber Sie müssen sich solche Bildung verschaffen, sonst klappt es niemals mit Ihnen! Dieses sage ich Ihnen ganz im Vertrauen, denn Vertrauen habe ich zu Ihnen, weil ich denke, daß Sie auch einiges zu mir haben.

Vertrauen, mein junger Herr, ist alles im Leben! Denken Sie einmal daran, was unser Herr Kaiser machen sollte, wenn er kein Vertrauen zu seinen Soldaten und Offizieren hätte? Er wäre mutterseelen alleine und könnte keinen Schritt machen, nicht zuhause, nicht in seinen Schlössern, nicht draußen, nicht drinnen. Er hat einen kurzen Arm, obwohl es gar nichts schadet, wenn ein Herr Kaiser einen kurzen Arm hat, aber – was wäre der kurze Arm –, wenn er kein Vertrauen hätte? Er wäre noch kürzer für ihn. Das ist es. Und dasselbe müssen Sie endlich einmal verstehen. Sie gehen in Suderburg aufs Studium und üben sich in der Melioration, was ein sehr schöner Stand ist und nachher einen Batzen einbringt, wenn man ordentlich mit der Melioration bescheid weiß. Ich hoffe, daß Sie gut studieren und nicht anderen Röcken und dem Biere nachschauen. Dieses geht mich eigentlich nichts an, aber es geht mich doch was an, weil ich Vertrauen zu Ihnen habe und nicht zu den anderen Röcken und dem Bier. Bier macht dick, andere Röcke zerbrechen das Vertrauen. Sehen Sie, das ist es. Und das schreiben Sie sich man gehörig hinter Ihre Ohren.

Sie haben meine Winke nicht verstanden, auch nicht den ganz gewissen mit den süßen Stuten in Ülzen bei Café Hein, wo es immer noch die besten in der Lüneburger Heide an sich gibt. Unglücklicher! Aber Sie sind vom Lande und wissen nichts von Takt und Contenance! Schulen Sie sich, damit Sie eines Tages einer Dame würdig sind, wenn Sie nach einer solchen ein Verlangen haben. Sie sind ein hübscher Kerl und wahrlich kann man sich in einen solchen schnell vergaffen. Indem mir dieses nicht passieren soll, verfüge ich mich in der nächsten Woche nach Blankenese bei Hamburg, wo ich das Haus von Herrn Schiffsreeder Klüsenbohm führen werde, welcher ein ehrsamer Witwer ohne Absichten, aber mit zwei Hunden und einer Tochter ist.

Leben Sie wohl und gehen Sie in sich, mein Hermann. Ich grüße Sie herzlich, aber nicht schmerzlich als Ihre Julie Schrader, wieder in Betrieb!

Hermann Niewerth
Suderburg

Julie!!!!!!!
Sie machen mich unglücklich! Sie stürzen mich in die Tiefe! Oh, Sie mein Herzliebchen! Mir fehlen leider die rechten Worte. Soll ich zu Dichter Müller gehen wie mein Kollege

Thielebeule und mir für zehn Mark ein Liebesgedicht machen lassen? Der arme Alte hat es nötig, weil seine Frau ihn so kurz hält und die Töchter sein Einkommen als Schulmeister verprassen... Aber... Nein! Nein! Nein! Ich kann es auch so sagen, daß Sie mir alles bedeuten. Gehen Sie ruhig nach Blankenese. Ich warte. Ich warte, bis Sie mir in die Arme fallen und mein werden. Ihr wartender Hermann, der jetzt seine Dorothea kennt.

Julie Schrader
kurz vor Abfahrt gen Hamburg, den 2. Februar 1912

Mein Herzens-Hermann!!!
Dorothea schreibt Ihnen. Sie schreibt Ihnen zum letzten Mal, bevor Sie nach Norden sich aufmacht. Gut. Ich will Ihnen in weiterer Zukunft gehorsam sein. Wenn Sie geduldig sind, will ich's lohnen. Sie Lieber, Sie Schöner! Damit Sie behalten, wie ich aussehe ... das kleine Photo nebenbei, welches Herr Jacoby in Ülzen von mir entworfen hat. Drücken Sie das Papier an Ihr Herz, damit Sie etwas von mir drücken. Und nun Adieu ... Sie Schlimmer!

P.S.: Sie gefallen mir. Wirklich und wahrlich. Aber Sie müssen sich Mühe geben, mich zu verstehen und mir nicht andauernd vor die Füße fallen. Dieses sagt Ihnen in freien Worten Ihre Dorothea

Frau Elisabeth Schrader, geb. Lüders
Oldendorf I bei Suderburg, Kreis Ülzen
Bahnhofstr. 66

Miss Anna Biesen, geb. Driesselmann
zu Chicago/Amerika
Gutman-Ave. 210

Liebste Anna!
Ihr habt Euch lange nicht gemeldet. Du nicht, Dein Henry nicht und auch nicht Chasine, so daß ich schon denke, Ihr seid alle in der dummen fernen Welt ganz verloren! Hier geht es so einigermaßen vor sich. Emma ist gut in Schuß, hat drei niedliche Kinderlein und ist so emsig wie eine Biene.

Willy geht gut voran zu Berlin und hat viele Planungen und Gedanken in seinem Kopfe, daß er bestimmt noch was ganz Großes wird! Julie...! Nein! Mit ihr ist im Augenblick gar kein Staat zu machen. Sie sieht so gries und gramelig aus, daß man denkt, es ist ihr wieder englisch in den Gliedern geworden ... wie in ihrer Kindheit, wo sie wie Gummi und Spinat war! Sie schwitzt und hat schwere Träume, was von dem Tod eines Herrn kommt, den sie sehr geschätzt hat und der ihr unter den Händen zum Tode abgegangen ist. Traurig! Traurig! Traurig!!!

Aber wir werden es schon schaffen, denn hier auf dem Dorfe, in Suderburg, haben wir schöne Luft und Stille, was ihr guttun wird. Endlich ist sie einmal weg von der Dralligkeit der Städte, die nichts für die menschliche Natur sind. Die Städte haben den Menschen auf dem Gewissen, was ich noch von Hannover weiß, wohin ich verheiratet war. Nein, ich lobe mir das Land und die Sauberkeit des Landes! Eben ruft mich Emma weg vom Schreibtische. Ich muß die Kinder zu Bette bringen. Morgen schreibe ich den Brief zuende.

Morgen ist nicht heute! Was ich gestern Abend geschrieben habe, ist heute schon wieder anders, weil Julchen jetzt nach Hamburg will, wieder in Diensten. Ich glaube, da ist ein anderer Herr dahinter, welcher sehr reisefiert (munter, keck, Anm. des Herausgb.) ist und ihr nachsieht. Sie will vor ihm reißaus! Nun gut. Wir werden's sehen. Der Mensch denkt, Gott lenkt!

Es grüßt Euch sehr herzlich und allerbestens Eure Elisabeth Schrader, geb. Lüders mit Kind und Kindeskindern.

Blankenese, den 7. April 1912

Mein Hermann!
Für Prallines und Büchlein mit Sprüche besten Dank! Sie sind zu gütigst! Fräulein Klüsenbohm war ganz aufgeregt, als sie Karton mit großer blauer Schleife bei mir sah. Sie ist schon vierzig, aber noch nicht an den Mann. Sie ködert, aber kriegt keinen an die Angel und hat daher keinen Gedanken und keine rechte Vorstellung von einem solch charmierten Angebinde. Seien Sie bedankt, Sie Lieber!

Wenn Sie mal wieder Prallines schicken, keine von Crème oder Rum, lieber Arrak und Marzipan oder Noisette.

Bestens Ihre Julie Schrader

Hermann Niewerth
Suderburg

Meine Dorothea!
Mit diesem Gruß übersende ich Ihnen eiligst das Größte in Marzipan, das ich auftreiben konnte! Möge es Ihnen wohl bekommen!

Ihr Hermann

Blankenese, den 18. April 1912

Mein Hermann!

Rosenfinger lacht am Morgen,
Kosemund bringt Glück herein!
Fort der Kummer, fort die Sorgen,
Dafür aber Sonnenschein!

Ach, ich bin geliebt, wie selig!
Dieser eine ist mir gut.
Und ich sehe ein allmählich,
Was mir solche Liebe tut!

Feingewickelt im Papiere
Haucht mich Marzipänchen an!
Gar nicht ich mich mehr geniere:
Schwupps, der Happen ist vertan!

Ach, es war ein Liebeshäppchen,
Das mir jetzt im Magen ruht!
Rosenfingers Ohrenläppchen ...
Kosemund es gnappeln* tut!

Jetzund folgt ein Stück mit Nüssen,
Wundermild liegt es im Mund!
Meine Zunge tut es küssen,
Bis es aufgeweicht im Schlund.

Noisette! Himmelstörtchen ...!
Ach, was schlecke ich Dich ab!
Allzuviel ... Ein stilles Örtchen
Wird alsbald Dein kühles Grab!

Mit Wonne! Dorothea!!!

* gnappeln = benagen.

Hermann Niewerth
Suderburg

Liebste, allerbeste Dorothea!
Ich schreibe jetzt einen Brief an meine lieben Eltern, welche einfache Bauernsleute sind und es nicht so einfach begreifen, daß ich Dich, eine Vornehme, heimführen will und muß! Du ... die meine, ich der Deine! Es wird alles gut, alles, alles, meine Liebe! Es grüßt Dich für heute sehr innig
Dein Hermann

Jaebetz, den 11. September 1912

Liebe Eltern!
Euren lieben Brief erhalten und mich gefreut, daß Ihr nicht allzuviel gegen das Verhältnis einzuwenden habt, andernfalls enthielt er aber wieder Punkte, die ich schon längst begraben habe; warum alte Wunden wieder aufreißen, ich habe es gebüßt und bereut. Und wer hätte in seiner Jugend nicht allerlei Torheiten begangen, ja ... ein altes Sprichwort sagt schon: »Jugend hat keine Tugend!« ... Jetzt aber liegt vor mir eine andere Zukunft, die nichts mehr gemein hat mit dem, was einmal war. Ihr könnt es nicht verstehen, daß ich nicht nach dem Geldbeutel heiraten werde. Niemals! Was aus so etwas werden kann, habt Ihr ja in der nächsten Nachbarschaft vor Augen: Zwiespalt, keine Liebe. Heute geht es nicht mehr um Geld, wenn man heiratet, sondern vielleicht nur noch um Liebe. Meine liebe Braut und ich haben lange gegen die Liebe gekämpft, aber vergeblich.

Sie ist aus der gehobenen Schicht, ich bin es nicht. Sie bringt mir, unserer Liebe, ein gewaltiges Opfer. Aber meine Liebe ist so stark, so groß, so rein, daß ihr nichts im Wege sein kann! Dieses müßt auch Ihr letztlich anerkennen ... und wenn Ihr's nicht könnt, so kann ich Euch nicht helfen. Ich komme dennoch stets meinen Pflichten nach, wie ich immer ein Mensch der Pflicht gewesen bin. Das werdet auch Ihr begreifen.

Nun weiter zu Euren Briefe: Da schreibst Du: »Du hast sie doch noch nicht geheiratet!« Nein, daß habe ich nicht, aber dennoch fühle ich mich ebensogut gebunden, denn ich habe mein Wort gegeben und das breche ich nicht. Euer Sohn Hermann.

Elisabeth Schrader, geb. Lüders
Oldendorf I. bei Suderburg
Bahnhofstr. 66

Mein liebes Kind Julie!
Nun stelle Dir die Überraschung vor, als sich gestern bei mir gegen vier Uhr nachmittags ein Herr Niewerth, welchen Du ja wohl schon seit langem kennst, ansagte. Ich sah überrascht auf ihn, denn er war festlich gekleidet wie zu einer Beerdigung oder Hochzeit. Er setzte sich anständig auf mein braunes Maroquinsofa und fragte mich rundweg heraus, ob ich es ihm erlauben würde, Dich zur Frau Gemahlin zu nehmen. Julie, dies ist der erste Herr, der mich um so etwas gebeten hat! Und es ist ein anständiger Herr, der was an den Füßen hat und nicht so durch die Welt dahermarschiert wie die Herrn, die Dich zur großen Gesellschaft gebracht haben. Wenn Du mich fragst, so sage ich ja zu diesem netten Herrn, der sich wohl und sittlich benommen hat. Überlege, was Du ihm und mir antworten willst. Wir wollen sonst sogleich die Pakten aufsetzen und den Tag der Trauung festlegen, erst aber den des Verlöbnisses.

Greife zu, meine Tochter, denn Du stehst jetzt im prallen Sommer. Der Herbst, mein Kind, kommt rasch. Ehe man sich's versieht! Du tust, glaube ich, eine gute Wahl, wenn Du ihn nimmst. Der Herr behüte Deinen Eingang und Ausgang. Amen.

Deine Dich liebende Mutter Elisabeth Schrader.

Pfingsten 1912

Meine Dorothea!
Bald bin ich am Sterben! Kennst Du den Kometen, der einen glühenden Schweif hat und seine Bahn am Firmamente dahinzieht? Das bin ich. Und bald ist es vorbei. Bald ist der schöne Komet erloschen. Erhöre mich jetzt ganz und ewig. Dein Hermann, der Ewig-Deine!

Mein Herzens-Hermann!
Dorothea grüßt Dich! Ach, diese alte Wunde, die nicht schließen will! Schicksal, mein Endliches? Balde, balde, balde wird's sein! Balde schlägt es dreizehn! Dorothea neigt ihre Stirn zum heiligen Kusse! Deine Verglühende!!!

Liebste Dorothea!
Nun ist's genug! Es steht mir endlich der rechte Mann auf! Ich will nicht mehr singen und besungen werden. Ich will Dich! Hermann!!!

Liebster Hermann!
So sei es! Ich binde mich jetzt ganz und für immer an Dich. Du Säule meines Lebens, an der sich das arme Efeu Julchen emporranken will. Ich will Dir folgen, wohin Du gehst und Dir ein trauliches Weibchen sein ... Ach, Du mein Hermann, meine heile Welt, mein Heiland! Das ist die rechte Art, die wir gefunden haben ... wie es schon in der Musik heißt, die mir in diesem Augenblicke des Vergehens aufstößt. Es ist die Musik unserer Zukunft! Hörst Du sie auch, mein süßer Hermann? Deine Dorothea

P.S.: Schreibe mir baldigst, ich ersehne Dich, ich erahne Dich, ich erfühle Dich!!!

Ich schreite mit Dir, mein Süßer!
Ich bin Dir, was Du willst!
Seh' ich Dich gar als Büßer,
Der alte Taten filzt?

Nein, Goldchen, lass' die Finger
Von der Vergangenheit!
Die alten, bösen Dinger
Vergißt man mit der Zeit!

Denk' nur an Deine Liebe,
Die Dir so üppig blüht!
Es grüßt Dich Deine Phybe,
Die sich in Hochzeit übt!

Jaebetz, den 24. Juli 1912

Meine liebe Julia!
Für Deinen lieben Brief meinen herzlichsten Dank. Auch ich will Deinen Wunsch erfüllen und sofort wiederschreiben, obschon ich sehr müde bin und schon einige Stunden in meinem Stuhle heruntergerissen habe. Nach Hause sind wir den Tag gut hingekommen, aber hernach fing es bald an zu regnen. Aber Du glaubst gar nicht, wie sehr ich mich über Deinen Brief und das hübsche Gedicht gefreut habe. Du kannst eben alles sehr genau und sehr offen in Verse fassen, was mir natürlich gänzlich abgeht, obwohl sich auch in meinem Inneren wundersame Worte für Dich zu fügen beginnen.

Der Roggen, den Du hier siehst, ist jetzt schon alle abgemäht und es wird jetzt wieder öde und leer in meiner Sommerfrische. Gehe dort aber auch recht fleißig an die frische Luft. Es ist jetzt gleich 11 Uhr ... und da mußte ich, wie mein Liebchen hier war, immer nach oben verschwinden, weißt Du's wohl noch? Nun grüße auch Deine Angehörigen von mir und vor allem sei Du viel tausendmal gegrüßt und geküßt von Deinem Hermann

Blankenese, den ... September 1912

Mein liebstes Emmakindchen!
Es ist kaum zu glauben, aber ich werde jetzt ganz bald wirkliche Braut! Wie gut das zu wissen tut! Wie das ist!!! War es bei Dir auch so? Es kribbelst und schnurrelt einen den ganzen Tag über und in der Nacht, da kann man überhaupt nicht schlafen!

Mein Hermann ist doch süß, nicht wahr? Er schreibt dauernd und nimmt soviel Anteil an meiner Dichtung und meinem Gemüte, das nur noch für ihn schlägt. War es bei Dir auch so? Bei Dir ist es nun schon lange her, aber bei uns ist es noch sehr frisch, deswegen schreibe ich Dir aus sogleich, wie es in mir ist, damit Du alles weißt! Brautsein ist schön. Es ist etwas Heiliges! Heilige Braut, heiliger Bräutigam!

Ach, Emmakindchen, Du bist so lieb! Und Hermann ist fast noch lieber! Er ist ein Mann und bald mein Mann ... und darin liegt der Unterschied.

Für heute sei innigst gegrüßt und umarmt von Deinem glücklichen Schwesterlein Julie, Hermanns Bräutlein!

Blankenese, den 29. September 1912

Liebster Willy!

Weißt Du, wie man Bräutlein ist?
Einer kommt mit Maientrieb,
Hat Dich plötzlich abgeküßt
Und verkündet: »Hab' Dich lieb!«

Ach, ja, mein Brüderlein, So ist's! Hermann läßt wunderbarst grüßen! Wir sind ein Herz und eine Seele, ein Leib und ein Gemüt. Es ist nett, daß Du uns was schenken willst. Schenke uns denn Deinen Segen, damit Glück und Reichtum auf uns und unsere Liebe falle. Die Verlobung ist Weihnachten oder Neujahr ganz officiellement. Von Ida von Scheele-Müller sind nettigste Grüße eingetroffen. Sie nimmt so Anteil! Ach ja, wer könnte nicht Anteil nehmen an einem irdischen Glücke, das vollkommen ist?

Es herzt und umarmt Dich Dein glückliches Schwesterlein Julie.

Blankenese ...

Mein Geliebter, mein Herzenshermann, mein Romeo, mein Lieb!

Es geht fürchterlich in mir um. Tagtäglich, wenn ich aufstehe, bin ich in Deiner Nähe, obwohl Du ja gar nicht da bist. Aber ich fühle Dich, als legtest Du Deine sanfte Hand auf mein Gesicht, auf meinen Leib, der nur noch für Dich atmet. Du bist die Wonne, Du bist das All, Du bist mein Wähnen, mein himmlischster Strahl ... Wo du hingehst, da will ich auch hingehen!

Für heute und immer und ewig Deine Dorothea

Jaebetz ...

Liebster Schatz!

Meine Augenweide! Heute war ein schwerer, arbeitsreicher Tag. Er geht zuende mit Gedanken an meine ferne Julia, an den Stern, der für mich über alles strahlt! Ich hoffe, daß alles so wird, wie wir es uns vorstellen. Ich werde am 15. Oktober wieder gen Suderburg reisen, vorher noch bei den Eltern alles regeln, was zu regeln ist. Ich hoffe, daß sie Dich, mein Herz, akzeptieren. Es bleibt Ihnen nichts anderes übrig, denn wir haben uns das Wort gegeben ... Wir sind eins! Denke daran, wenn Dich die Stürme des Lebens umbrausen. Ich bin da ... für Dich! Dein Hermann

Jaebetz, den 10. Oktober 1912

Meine holde Dorothea, mein Julchen!
Es ist einfach rührend, wie Du Dich mit mir abgibst! Fast jeden Tag einen Brief! Das letzte Gedicht ... Es hat mich zu Tränen gerührt. Ich habe sie für Dich und um uns geweint. Tränen des Glücks! Du, mein Ewigleben! Dein Hermann

Blankenese, den 11. Oktober 1912

An meinen Gott!

Dein Bild, so wunderlieb gezeichnet,
Mir jeden Tag entgegenlacht!
Ich bin von aller Welt enteignet,
Hab' einen neuen Bund gemacht.

Ich bin gesegnet durch Dein Leben,
Oh, Trauter, soll ich sagen Dir,
Daß alles, was Du mir gegeben,
Ist Himmelsbalsam und Pläsier.

Ich knote Dich in meine Tücher,
Ich binde Dich in meinen Strauß,
Ich schreib' Dich ein in meine Bücher
Und trage Dich ins Feld hinaus.

Du bist mein Gott, der Herr von Ferne!
Ich knie' vor Dir aus Herzenslust.
Du Kleinod, meine Heilslaterne,
Du Diamant an meiner Brust!

Was ich auch tu', ich tu's um Deiner,
Denn Regung kommt mir nur von Dir.
Im Geiste bist Du etwas kleiner,
Ansonsten aber eine Zier!

Du hast, was nie ich hab' gefunden!
Mein Gott, welch eine Heldfigur!
Um Dich zu lieben braucht man Stunden ...!
Mein Herzensmann, wie kömmt das nur?

Du Siegfried, ehern und mit Schwerte,
Trutz' allem Irrwahn jederzeit!
Bin ich für Dich nicht die Verkehrte?
Ach nein! Es ist vermaledeit ...!

Wie oft kommt mir in Zagerstunden
So eine schmerzliche Wehmut ...
Jedoch: Du hast mich festgebunden,
Du nahmst mich unter Deiner Hut!

Mein Gott heißt Hermann und er meistert
Auch mein Geschick mit kühnem Sinn.
Die böse Welt ist zugekleistert,
Seitdem ich Dein Dorettchen bin.

Ich will in Deiner Lieb' ersterben,
Mein Heiland, sei mir ewig hold!
Du brauchst mir nie den Rücken gerben,
Denn Julchen ist aus lauter Gold!

Nimm hin, mein Gebieter, was ich Dir dichtete! Deine Julia, Dein Herz ... Oh, frage nicht!

Jaebetz, den 14. Oktober 1912

Mein Schatz!
Morgen reise ich nach Suderburg. Mein Herz geht mit, denn ich weiß, daß dort die Deinen sind. Für Deine liebe Mutter habe ich eine hübsche Tasche, auch wohl Pompadour genannt. Schwarzes Leder von Maroquin, alles gefüttert! Deine Schwester bekommt ein Service, die Kinder Puppen und ein Brettspiel. So wird's denn wohl recht sein. Und was bekommt mein Engel, wenn er am nächsten Sonnabend in Suderburg eintrifft? Was bekommt er ...? Mich!

Dein Romeo aus Oelerse

Suderburg, den 11. November 1912

Mein Lieb!
Ach, wie vermisse ich Dich! Der Herbst zieht hier mit Macht ein. Kannst Du nicht schon eher von Blankenese fort? Es wäre so schön! Aber man kann nicht alles auf einem Male haben. Du bist mir alles. Ich hoffe, daß Dir der beigefügte Gürtel gefällt. Die Schnalle ist von Perlmutte und sehr teuer gewesen. Aber für Dich ist mir nichts zu teuer.

Gestern traf ich Deine liebe Mutter! Wie sie dahergeht! Eine wahre Fürstin! Kann mir schon denken, warum die anderen hier im Dorfe sich von ihr sondern. Sie ist nicht für jedermann. Aber sie ist so grundgütig und sehr lieb zu mir, wenn ich sie treffe. Auch Deine Schwester Emma! Sie ist – was ich noch nie erlebt habe! – die Wohltat in Person. Sie hat immer etwas für mich: Einen kalten Braten oder ein Glas

Wein. Von ihr geht man niemals ungespeist und nicht beschenkt! Ich schäme mich, daß meine Familie nicht so ist. Aber tröste Dich: Auch für mich haben sie nichts übrig!

So, mein Lieb! Jetzt habe gute Nacht! Es küßt Dich vieltausendmal Dein Dich liebender Hermann

Blankenese, den 18. November 1912

Mein ewigschöner Hermann!
Die Tage werden kürzer. Bald ist's hier getan und ich kann zu Dir eilen. Ich ersehne das Ziel. Der Gürtel ist wunderschön, leider etwas zu groß. Das aber läßt sich ändern. Habe Dank, mein Schatz! Ich denke, daß Du die beigefügten Krawatten für Revanche nimmst. Bis auf Morgen! Gute Nacht.
Deine Dorothea

Blankenese, den 20. November 1912

Oh, mein Gott!

Im Traum bist Du mir oft erschienen,
Du hast den Mund mit Kuß genetzt.
Wir waren wie zwei munt're Bienen,
Die sich mit Nektar abgewetzt.

Mein Schmetterling, jetzt wird es kalter,
Ganz hart umtost . . . Novemberwind.
Ich bin zur Zeit ein Trauerfalter
Und habe bleichen Wangenschwind.

Bringst Du mir Frühling nächstens wieder,
Schenkst Du mir Sommer in das Herz?
Ach, singe mir zwei Liebeslieder,
Dann geht es wieder aufewärts.

Mich kühlt die Trennung, liebster Herold.
Das ist's, was mir zu schaffen macht.
Auch Dialog mit Fräulein Gerold
Kein Feuer mehr in mir entfacht.

Mach' mich entzündet, lass' mich brennen,
In Deinen Armen wie ein Schwel!!!
Du kannst mich – wie Du willst – dann nennen ...
Sei mir der Zucker zum Kanehl.

Ich bin ganz zerrupft! Heile mich, mein Schatz!! Heile mich ...! Deine Dorothea!!!

Suderburg, den 28. November 1912

Mein Schatz!
Ich eile zu Dir. Womöglich bin ich eher in Deinen Armen als diese Karte. Ich fahre mit dem Zuge ab Ülzen zwölf Uhr dreißig. Holst Du mich ab? Vielleicht kann ich wieder bei Frau Gütermann wohnen? Erledige alles und erwarte mich ... wie ich Dich erwarte! Dein Hermann

5. Dezember 1912

Meine vielgeliebte Dorothea!
Die Ringe sind gekauft. Ich trage sie täglich bei mir. Heilige Pfänder eines ewigen Bundes!!!
Dein Hermann

10. Dezember

Mein goldiger, süßer Hermann!
Ich zähle die Stunden! Du, Du, Du . . .!

Das Vögelein im Käfig
Kann nicht so kregel sein!
Ich fliege jetzt mit Eile
In Deinen Himmel ein!

Julchen

Und wenn es köstlich gewesen ist . . .

Viola Barrett-Hampton
Chicago, den 11. März 1940

Mr. Alfred Salomon, Esqu.
London

Lieber Alfred!
Mit großem Entsetzen haben wir, nur durch einen vorsichtigen Kartengruß, davon erfahren, daß Julie ihrem Leben selbst ein Ende gesetzt hat. Es ist furchtbar und wird den armen Hermann zerstören, obwohl er ja zuletzt nicht gerade zu ihr gehalten hat. Tat sie es in geistiger Umnachtung? Anna Biesen bringt es in Zusammenhang mit dem Tod von Emma. Weißt Du Näheres?

Sie wird doch keine Gefahr wegen der Verwandtschaft mit den S. ausgestanden haben? Politisch war sie ja nie! Wie sollte sie auch: zwanzig Jahre hindurch nervenkrank und neben einem Mann, der ein ungehobelter Klotz ist. Furchtbar dieses alles!

Berichte uns doch bitte, falls Du Näheres und Einzelheiten weißt. Mit besten Grüßen Viola

James Mendelssohn
Dublin

Lieber Alfred!
... [] ... sie ist durch das Fallbeil eines ungnädigen Schicksals getötet worden. Niemand wird sagen, daß sie »wer« gewesen ist, aber vielleicht bleibt es künftigen Geschlechtern überlassen, sie in ihrer wahren Natur zu entdecken! Ich übergebe Dir heute die Briefe an Eleonore, die Du aufbewahren magst. Wenn man das so durchliest, was das arme Julchen anzubieten hat, so muß man doch wohl im biblischen Sinne sagen, daß es für sie köstlich gewesen ist, was sie erlebt hat. Nicht wahr: Sie war im Umkreis unserer Sippe das eigenartigste Genie! Und ich glaube, daß sie nie vergessen sein wird. Solche Menschen bleiben irgendwie mit einer Art von mystischem Nachleben und Nachwirken erhalten ... [] ...

Prof. Dr. Georg-Wilhelm van Ankeren
Hannover, den 12. Mai 1940

Sehr geehrter Herr Niewerth!
Es tut mir sehr leid, von Ihnen zu erfahren, auf welche Art und Weise Ihre Frau Gemahlin aus dieser Welt schied. Ich vermag nicht mit hundertprozentiger Sicherheit zu sagen, ob sie im Besitz ihrer geistigen Kräfte war. Die letzte Untersuchung im Herbst 1938 ließ darauf schließen, daß zu der offenbaren Multiplen Sklerose eine hochgradig manische Depression kam, ganz zu schweigen von dem allgemein schlechten Zustand des Körpers.

Ich glaube, daß Sie wohl alles getan haben, um der armen Kranken zu helfen. Was geschehen ist, vermögen Sie nicht rückgängig zu machen. Sehen Sie nun erst einmal zu, daß Sie wieder auf die Beine kommen. Ein Tapetenwechsel würde Ihnen guttun.

Mit besten Wünschen und aufrichtiger Teilnahme Ihr van Ankeren.

P.S.: Menschen ... wie es Ihre Frau Gemahlin war ... sind in ihrer Krankengeschichte nicht sehr einfach festzulegen. Es kamen wohl mehrere Komponenten zusammen. Ein labiler Mensch verkraftet eben alles sehr viel schwerer, wenn er überhaupt verkraftet!

Sygmar Baron von Friedheim und Dahlen
Stockholm, den 11. Mai 1946

Sehr verehrte Frau Wessling!
Sehr spät erst erfahre ich von dem furchtbaren Schicksal, das meine Freundin im Geiste zu Beginn des grausamen Krieges erfahren hat. Sie können sich gar nicht vorstellen, wie mich die Nachricht, die ich dieser Tage erhielt, mitgenommen hat. Der böse Krieg hat es sogar verhindert, daß man davon unterrichtet war.

Sie ist eigentlich so verschieden, wie es ihr zustand: autonom. Und aus diesem Grunde sollte man eigentlich nicht um sie trauern. Sie hat immer alles nach eigener Façon gemacht und sich nie von Vorschlägen anderer beeindrucken lassen. Sie war also auch noch frei im Tode. Und was ist ihr erspart geblieben! Der Tod des Sohnes ... Ob sie das verkraftet hätte? Wohl kaum. Sie war nicht gemacht für die Tücken und das Abgründige dieser Welt. Nun, sie möge in Frieden ruhen. Ist ihr Grab erhalten? Sobald es besser geht und man ungehindert reisen kann, will ich es besuchen und es schmücken.

Mit besten Wünschen Ihr S. v. F.

P.S.: Ich lege Ihnen ein Gedicht bei, das mir wert und teuer ist. Es erschien 1910 in der Zeitschrift »Sport und Gesellschaft«:

Ich bin nichts and'res als ein Kraut,
Das eines Tags vergeht,
Selbst wenn der Zephir noch so weht
Und hochgebaut
Die Sonne
Voller Wonne
Über meinem Dasein steht!

Ich bin nichts and'res als ein Bild,
Das eines Tags verblaßt.
Ich war geliebt, ich war verhaßt . . .
Und ungestillt
Das Sehnen
All mein Wähnen
Aus meinen Versen quillt!